COLLECTION FOLIO

Philippe Videlier

Nuit turque

Gallimard

Philippe Videlier est historien et chercheur au CNRS. Il a déjà publié aux Éditions Gallimard *Le jardin de Bakounine et autres nouvelles de l'Histoire.*

I

Que les histoires des anciens soient une leçon pour les modernes, afin que l'homme voie les événements qui arrivèrent à d'autres qu'à lui : alors il respectera et considérera attentivement les paroles des peuples passés et ce qu'il leur advint, et il se réprimandera. Aussi gloire à qui réservera les récits des premiers comme leçon à l'intention des derniers.

Et lorsque fut la nuit, il dit :

Dans les jours d'il y a bien longtemps, vivaient en trois endroits de l'empire d'Orient sur lequel régnait le Sultan trois enfants, dont l'un s'appelait Soghomon, l'autre Archavir et le troisième Stepan. Ils n'étaient pas parents. Le premier, maladif et mélancolique, habitait une agglomération déshéritée appelée Erzindjan, sur les hauteurs lointaines du levant, le deuxième, robuste et espiègle, était orphelin de père et sa mère l'élevait dans la ville riante, baignée par le Bosphore et la Corne d'Or, et le troisième, on ne sait pas. Mais là où ils vivaient étaient, pour eux et leurs voisins, de grands troubles et de grands soucis.

II

Il m'est revenu, lecteur fortuné, doué de bonnes manières, que dans le passé des âges et des moments la Turquie avait mauvaise presse en Europe. C'est pourquoi, lorsque survint la révolution, l'Europe se réjouit. Alors, la Turquie se dota d'une constitution, d'un parlement et les gens s'embrassèrent follement. Dans les rues bruyantes et gaies s'assemblaient des hommes en canotier, des femmes en chapeau ou en cheveux. L'Europe était satisfaite. Les Turcs également. Et on les comprend. Car les Turcs sont des gens comme tout le monde. Les nouveaux titulaires du pouvoir avaient l'aspect de tout un chacun. Ils portaient costumes, gilets et cravates, la moustache souvent, le fez parfois, parce que le fez était encore de mode à l'époque de la révolution, et ils s'exprimaient librement, en langage châtié, dans plusieurs langues. Ils n'avaient pas de mots assez âpres, assez rudes pour décrire le régime précédent, un régime de fer et de sang, le régime du Sultan, d'Abdul Hamid le tyran, celui dont personne ne pouvait regarder le visage. « Il n'est pas beau au physique, il est plus laid au moral », assurait l'un des hommes du jour, un révolutionnaire cultivé que ses amis surnommaient « le Philosophe » parce qu'il connaissait Platon, la Kabbale et jusqu'aux grandes idées du socialisme.

Or, avant le grand bouleversement qui le fit sortir de son palais de Yildiz, le sultan Abdul Hamid n'avait jamais été photographié en public. Chacun savait, désormais, à quoi il ressemblait. La photographie qui reste de lui à ce moment fut prise par un Allemand : Otto Kiel. Sur le cliché, le despote affaibli aux oreilles décollées, au visage ingrat, aux épaules voûtées, seul dans sa calèche, vêtu d'un manteau gris, jetait un regard apeuré à la foule qui le découvrait. L'objectif était cruel. Moins toutefois que le Sultan lui-même qui avait fait périr par cents et par mille, dans d'affreux tourments, les sujets de l'Empire ottoman.

« Sinon, je lâche mes fanatiques », avait coutume de rétorquer le Sultan quand la communauté des nations faisait mine de réprouver sa façon de conduire les affaires. Il les lâchait parfois sur les minorités qui peuplaient les provinces, les cités et les champs, et regardait de loin, avec volupté, les effets de sa politique. Cela ne passait pas inaperçu. « La ville est à feu et à sang », télégraphiait le consul français de Diarbékir à l'ambassadeur auprès de la Sublime Porte

(2 novembre 1895, 1 heure du matin). « Faites-moi savoir, urgent, d'où est venue la dernière provocation. Les Arméniens seuls sont-ils menacés ? » s'inquiétait l'ambassadeur en retour (même jour, début d'après-midi). Nouveau message : « Le Grand Vizir prétend que le conflit est né d'une invasion des mosquées par les Arméniens. Est-ce vrai ? » (2 novembre, 16 heures). Réponse chiffrée : « L'invasion des mosquées par les Arméniens est de pure invention. Le massacre a duré encore toute la journée et ne semblerait pas près de finir. » Les tueries durèrent trois jours et trois nuits. Lorsque la fureur fut apaisée, que les morts furent ramassés, que Diarbékir retomba dans sa torpeur ancestrale, le consul Meyrier rédigea un rapport circonstancié sur les événements advenus en cet endroit. Autant qu'il le pouvait, il faisait le compte des cadavres et, en statisticien moderne, les dénombrait par catégories selon les critères en usage dans l'empire d'Abdul Hamid le tyran. Arméniens schismatiques : 1 000 morts, 1 500 maisons pillées, 2 000 boutiques pillées et brûlées ; Arméniens catholiques : 10 morts ; Syriens schismatiques (jacobites) : 36 morts déclarés, 150 effectifs, 200 boutiques pillées ; Syriens catholiques : 3 morts, 30 boutiques pillées et volées ; Chaldéens : 14 morts et 78 boutiques pillées ; Grecs : 3 morts, 15 magasins brûlés ; protestants : 11 morts et 51 maisons pillées. Les agresseurs, les bandes furieuses et homicides, les artisans du pogrom,

le consul les qualifiait tantôt de « Musulmans », tantôt de « Kurdes », selon que le contexte lui soufflait l'une ou l'autre de ces épithètes. Ce sur quoi il n'hésitait pas, cependant, était le rôle incendiaire des autorités, à commencer par le vali, gouverneur du lieu, qui était un sombre individu. « La police et la troupe ne sont intervenues que pour frapper les victimes », avait pu constater le consul *de visu.* Cent dix-neuf villages avaient été réduits en cendres dans le district et le consul estimait à trente mille le nombre des morts et disparus. « On rapporte des actes d'une cruauté inouïe. Ces cris de *Havar, Havar* — Au secours ! Au secours ! — je les ai encore dans mon oreille et j'en frémis lorsque j'y pense. » Nul n'aurait pu dire ce qui, dans l'origine, la religion, la nationalité, la langue, la position sociale, suscitait cette haine féroce que, de temps à autre, à son gré, le Sultan laissait déborder en flots meurtriers, en vagues assassines.

« Laisse-nous aller à Stamboul, le Maître a permis de tuer les Arméniens », réclamaient les journaliers, les valets, ceux de la campagne lorsqu'ils apprirent la nouvelle du Grand Massacre. *Bir mukateleyi azîme.* « Laisse-nous aller à Stamboul. Le Maître a permis. » Le vendredi était le meilleur jour. Dans les ruelles tortueuses du quartier de Has-Keuï, les portes avaient été marquées à la craie. Car l'erreur n'était pas tolérée, l'erreur était impie. « Celui-ci est un *gâvur,* celui-ci est un infidèle. Le Maître a permis qu'on le tue. » Ils arrivaient au soir, en barque ou par le grand pont, bien groupés, disciplinés, armés de bâtons ferrés, de yatagans, de coutelas aiguisés, de haches, de tranchoirs, ils entraient dans les maisons de bois, tiraient les gens par les bras, les jambes, les cheveux, et cognaient, taillaient, sabraient. Les membres volaient, les mains, les pieds, frémissant de leur vie soufflée. « Pieds de cochons à vendre ! » criaient les tueurs en riant. Le sang giclait, coulait en rigoles sur les pentes, contournant chaque aspérité du sol. Les crânes éclataient sous les coups secs et lourds des gourdins, laissant le pavé souillé de matière cervicale. Les grands, les petits, les femmes en robes aux couleurs criardes, les hommes grisonnants à moustache, les cordonniers, les épiciers, les tailleurs, ceux qui savaient lire et compter, les *sopadjis* les frappaient de toutes leurs forces. Ils réduisaient les têtes en bouillie et repartaient avec le butin. Ils prenaient tout, l'argent, les meubles, les bijoux, les robinets de cuivre, les vêtements usagés, les sandales de cuir. C'était leur droit. « Le Maître a permis. » Puis, sur un signe, tout rentrait dans l'ordre.

Les militaires des provinces décrivaient à leurs familles le devoir accompli. Ils donnaient des nouvelles. « Mon frère, nous avons tué les Arméniens. Tous sont de la nourriture pour les chiens… Si vous me demandez comment vont les soldats et les bachi-bouzouks, leur nez n'a même pas saigné. » Les soldats se trouvaient bien. La tâche était facile et sans danger. Le massacre rompait la monotonie de la vie de garnison, vengeait les humiliations, la dureté du jour, des semaines et des mois. Une Française égarée, épouse d'agent consulaire, tenait le journal des événements. « On a tout tué dans le bazar. Pas un Arménien n'a survécu… Les soldats repassent au bout de la rue, chargés de butin, les mains en sang… Comme tous les boulangers ont été égorgés, on n'a plus de pain. Il faut en faire… Toute la ville sent une odeur de charnier. On est obligé de fermer les fenêtres… De longtemps, la viande nous fera horreur… On voit des chiens passer ayant à la gueule des débris humains… » Pour un ethnographe chevronné, britannique au surplus, éduqué à Oxford et accoutumé aux manifestations les plus inattendues des mœurs de Barbarie, homme féru de religion et titulaire de la médaille d'or du pape Léon XIII, le meurtre de masse restait déconcertant, inexplicable, choquant, même. William Mitchell Ramsay, qui avait étudié le sanskrit et l'osmanli, écumé les montagnes pelées d'Anatolie, commenté les épîtres de saint Paul de Tarse et qui connaissait à fond les lettres des Sept Églises d'Asie sur l'Apocalypse, William Mitchell Ramsay n'en revenait pas. « Un écrivain doué de l'imagination vivace propre à Dumas et de la connaissance du mal propre à Zola, constatait-il, ne pourrait pas encore atteindre par une quelconque description l'effet que la vue d'un massacre peut produire sur un spectateur. » Les clameurs, les plaintes, les pleurs déchirèrent les jours et les nuits de Diarbékir, Trébizonde, Erzindjan, Erzeroum, Sivas, Mouch, Kharpout, Malatia, Bitlis, Van, Césarée, Adana, Ourfa, Alexandrette... Il arrivait de ces contrées des récits atroces et l'ombre de la mort.

III

Alors, des voix, isolées mais puissantes, s'élevèrent en Europe, de Scandinavie, d'Allemagne, d'Angleterre et d'Italie, de France même où le ministre des Affaires étrangères faisait, avec l'assentiment du président, les yeux doux au Sultan. Le socialiste Jaurès, Jean Jaurès que le peuple admirait et avait élu à l'Assemblée nationale, monta à la tribune pour pointer son doigt accusateur : « Car c'est là ce qui domine tout : c'est le Sultan qui a voulu, qui a organisé, qui a dirigé les massacres. » Le ministre des Affaires étrangères se renfrognait sur son banc. Il détestait entendre de tels mots. Jaurès stigmatisait la *guerre d'extermination* qui ensanglantait la Turquie. Jaurès ne nommait le Sultan que l'*Égorgeur* ou le *Grand Assassin.* D'autres que lui, à gauche, à droite, au centre, pensaient pareil. Clemenceau, serviteur dévoué de la République, blâmait dans *L'Écho de Paris* un monde qui permettait cela : « Quand on lit le récit des scènes de folle sauvagerie racontées par des hommes dignes de foi, on se demande dans quels temps nous vivons, et ce que vaut au juste la civilisation raffinée dont nous vantons à toute heure les bienfaits. »

Le Sultan cependant, malgré sa cruauté, et parfois grâce à elle, s'était acquis des soutiens. Au plus fort de l'émotion soulevée par les massacres sans nom, en 1896, une brochure, diffusée dans les kiosques et chez les principaux libraires pour le prix de un franc, parut à Genève, capitale de la tranquillité. Curieusement, en une référence qu'aurait justement appréciée Sigmund Freud dans son cabinet de Vienne, l'auteur de l'opuscule helvétique avait signé son œuvre du nom de plume « Le Vieux de la Montagne », personnage connu dans toute l'Europe comme le maître redoutable de la secte orientale des Assassins à une époque reculée. Voltaire, de son temps, le tenait pour « un petit chef de bandits ». Ce n'était guère flatteur.

Il est incontestable que le Vieux de la Montagne doit sa notoriété sinistre à la relation de voyage que fit, dans sa prison de Gênes, le Vénitien Marco Polo à son compagnon Rusticien de Pise en l'an lointain 1298. Le manuscrit circulait en Europe, enluminé par des moines, offert à des chevaliers, des comtes, des ducs, des princes et des rois. Il fut imprimé par la suite, à Nuremberg en 1477, à Augsbourg en 1481 et à Anvers en 1485 (c'est l'un de ces exemplaires qu'emporta avec lui Christophe Colomb, Grand Amiral de la mer Océane, et qu'il annota de sa main). *Le Devisement du Monde* ou *Livre des Merveilles* traitait du Vieux de la Montagne en son vingt-huitième chapitre : « Il était, avec le peuple sur lequel il régnait, sectateur de Mahomet. Il imagina de plus cette méchanceté incroyable de changer les hommes en des meurtriers ou spadassins, qu'on appelle communément assassins. » Plus étonnant encore au regard du pseudonyme adopté par le séide d'Abdul Hamid, le *Livre des Merveilles* de Marco Polo s'ouvrait sur une peinture agréable de l'Arménie et de la Turcomanie dont le voyageur brossait le tableau avantageux et paisible. « Il est, en vérité, deux Arménies, une grande et une petite. De la Petite est seigneur un roi qui maintient bien sa terre en justice, et est vassal du Tartare... La Turcomanie a trois races d'habitants. Les Turcomans, d'abord, qui adorent Mahomet. Ce sont des gens simples et qui ont leur langage à eux... Les autres habitants sont Arméniens et Grecs qui vivent mêlés avec eux dans les villes et les bourgs... » Enfin, le Vénitien abordait la Grande Arménie, belle province confinant au septentrion à la Géorgie et au levant comme au midi à un royaume appelé Mossoul, « et sachez que, en cette Grande Arménie, est l'Arche de Noé sur une grande montagne ». Mais il n'est pas douteux que de telles considérations restaient sans effet sur les fervents d'Abdul Hamid.

Le Vieux de la Montagne donc, réincarné à Genève pour servir les intérêts du sultan ottoman, soutenait qu'en réalité tout le bruit fait autour des malheureux Arméniens et des calamités qui les frappaient était l'œuvre malveillante d'individus plus ou moins anarchistes et athées, adeptes dangereux du « Ni Dieu ni maître », de surcroît vendus à la diplomatie britannique. Le froid prosateur souhaitait donc rétablir la vérité, celle du Sultan, celle de la Sublime Porte, si solide à l'époque. Et cette vérité était aussi facile à énoncer qu'aisée à comprendre. Abdul Hamid était un suzerain vertueux, soucieux d'équité. L'expérience lui avait appris, simplement, que Grecs, Arméniens, Turcs et Arabes ne pouvaient s'entendre dès qu'on les mettait en présence et qu'il y avait lieu, dans un vaste empire, de se prémunir contre les antagonismes autant qu'il se pouvait, ce à quoi le Sultan employait ses talents et son art.

À bien regarder, selon l'observateur de Genève dont la vue était perçante, la cause dernière de la situation pénible, délicate, complexe dont l'Europe se chagrinait parfois, résidait dans ce qu'il fallait appeler la « question arménienne ». Les Arméniens, statuait l'admirateur d'Abdul Hamid, étaient des êtres à part, pour tout dire une espèce nuisible de « vers rongeurs » qui minaient l'Empire dans ses fondements. Si les Musulmans (il parlait ainsi) avaient eu la main lourde contre les Arméniens, ce n'était que justice. Les Arméniens étaient des usuriers à la rapacité notoire auprès desquels les Juifs polonais, disait-il encore, faisaient piètre figure. Pour mettre le lecteur occidental tout à fait à l'aise, le scribe subtil de la Sublime Porte pensait avoir trouvé l'exact parallèle, propre à être entendu, admis, approuvé à Paris, à Londres autant qu'à Vienne, Berlin ou Varsovie : « La haine qui divise les Musulmans des Arméniens n'a pas d'autre origine que cette exploitation à outrance qui est similaire à celle des Juifs en France, en Angleterre, en Pologne, en Autriche-Hongrie. La question religieuse n'y est pour rien, la lutte s'appelle antisémitisme en Europe, elle s'appelle question arménienne en Turquie. Au fond c'est absolument la même chose, *the struggle for life.* » Il était si sûr de lui, le rédacteur, sûr de ses arguments, sûr de son droit, qu'il pouvait sans vergogne pousser la comparaison jusqu'à la prophétie. Si, « par exemple », pariait-il, un tel mouvement se déclenchait un jour en France, « il est probable qu'il n'y aura pas de puissance au monde qui empêchera l'extermination des Juifs, comme justes représailles des crimes accumulés depuis cent ans ». Il n'avait pas grand mérite à conjecturer ainsi car à ce moment les vociférations contre le capitaine Dreyfus, déporté à l'île du Diable, saturaient l'atmosphère.

Quant aux motifs du mauvais traitement réservé dans l'opinion à Abdul Hamid et à sa politique, il fallait les rechercher, supposait le nouveau Vieux de la Montagne, dans l'esprit décadent qui, selon lui, sévissait en Europe, dans les appétits britanniques qu'il ne cessait de dénoncer, dans la pusillanimité de l'Italie « toujours prête à se vendre » et dans la morgue du « gouvernement juif » de l'Autriche. Son ressentiment atteignait jusqu'aux groupes minuscules d'émigrés modernistes qui se présentaient sous l'étiquette « Jeune-Turquie » et prétendaient imposer à Constantinople, depuis les capitales d'Europe, un régime parlementaire inadapté au climat du Bosphore et de l'Anatolie. Il existait, à Paris, c'était un fait, un groupe de réfractaires qui causait bien des contrariétés à Abdul Hamid. Ces dissidents quelque peu conspirateurs, mécréants et suppôts de la franc-maçonnerie, publiaient le journal *Mechveret* (*La Consultation*). Ils attendaient leur heure. Et leur heure arriva.

IV

Alors, le Jeune-Turc philosophe qui avait lu Platon, la Kabbale et les socialistes, pouvait attester, sans blasphémer, que le Sultan était un prince moyenâgeux, fourbe et méchant, superstitieux, entouré d'amulettes ridicules et d'astrologues de pacotille : « C'est Louis XI, si vous voulez », résumait-il à l'intention des Français, Louis XI le rusé et ses cages de fer. « Mieux, c'est César Borgia », ajoutait-il pour être compris de toute l'Europe. « Sa lecture habituelle, son livre de chevet, c'est *Le Prince* de Machiavel. » Ainsi, il se figurait avoir fait le tour du personnage. On s'accordera néanmoins à penser qu'Adbul Hamid avait mal lu le Florentin qui traitait avec profondeur « de ceux qui par scélératesse sont parvenus à principauté ». Si l'Histoire la plus ancienne démontrait, en effet, qu'il était possible d'occire ses concitoyens, de trahir ses amis, de n'avoir ni foi ni pitié et d'arriver cependant à ses fins, elle établissait également, de façon irréfutable, que la bestiale cruauté interdisait à qui en faisait sa règle de prendre rang parmi les hommes excellents et sûrs. Celui-là sera toujours contraint « d'avoir le couteau à la main » : « Ses continuelles cruautés empêchant les peuples de pouvoir jamais compter sur sa parole. » Abdul Hamid n'en avait cure, sans doute, jusqu'à ce matin de 1908 où les militaires de Salonique menacèrent son trône, et jusqu'à ce soir de 1909 où il fut déposé. Aux députés qui lui annoncèrent la nouvelle, il apparut livide, flageolant sur ses jambes, les mains tremblantes, la voix chevrotante, la face grimaçant de terreur. Abdul Hamid, calife de la Terre, craignait pour son auguste carcasse. « Et ma vie ? implorait-il. Êtes-vous sûrs que ma vie sera préservée ? » Il avait toujours eu, certifiait-il sur la tête de ses ascendants, une sainte horreur du sang. Si quatre malandrins et demi de son entourage avaient surpris sa bonne foi et semé dans l'Empire les grains de la discorde, si mille fléaux s'étaient propagés durant son règne, cela et le reste, malgré les apparences, ne lui était pas imputable. Sur sa mère, il le garantissait aux députés venus le destituer.

Le Sultan avait des plaisirs simples, pourquoi lui chercher querelle ? Il nourrissait les perroquets verts de ses volières, tapotait au piano *La Fille de Madame Angot*, contemplait les peintures de Fausto Zonaro, l'Italien aux mille toiles, et se faisait traduire en turc les feuilletons pathétiques et saignants qui occupaient le rez-de-chaussée des quotidiens parisiens : *Les Chevaliers du poignard, Les Compagnons de la torche, Le Château des spectres, La Chambre rouge, Les Drames des catacombes...* De ce genre de récits, il se repaissait avec délices dans le palais inexpugnable de Yildiz Kiosk — le Kiosque de l'Étoile — entouré d'une triple muraille, gardé par ses phalanges de Circassiens, de Syriens et d'Albanais, par son réseau serré d'espions stipendiés. Le Sultan affectionnait Xavier de Montépin et Pierre Zaccone. Ce n'était pas un défaut majeur, même si Zaccone avait laissé une édifiante *Histoire des sociétés secrètes politiques et religieuses : les Assassins*, et s'il était d'autre part compilateur du *Nouveau langage des fleurs, avec la nomenclature des sentiments dont chaque fleur est le symbole et leur emploi pour l'expression des pensées.* Car Abdul Hamid aimait les fleurs, et de cela non plus n'était pas blâmable. Il avait importé à grands frais pour le parc de Yildiz les plus extraordinaires plants de toute l'Europe et régalé l'impératrice d'Allemagne, épouse de Guillaume II, d'un bouquet de roses opulentes cueillies dans ses serres, rehaussé en son milieu d'une gemme de bonne taille glanée dans ses coffres. Il arrivait que, dans les pavillons de Yildiz, quelques eunuques vigoureux se fassent la main sur des malheureux en disgrâce, qu'ils leur écrasent les testicules, leur arrachent les membres avec des pinces. Caché derrière un paravent, le Sultan assistait à ces séances. Mais c'était pour le bien de l'État. Et les cris ne s'entendaient pas au loin. Si Abdul Hamid avait fait enfermer son frère, fustiger ses esclaves indociles, pendre ses opposants timides, noyer dans le Bosphore les étudiants insolents, c'était toujours pour le bonheur du pays. « Je ne suis pas coupable », geignait Abdul Hamid. Les envoyés de la Nation, turc, juif et arménien, le rassurèrent : « Les Ottomans sont nobles et magnanimes. Ils ne commettent pas d'injustice. » Le Sultan avait des raisons intimes d'en douter.

Voyant la partie perdue, cependant, il s'inclina, non sans tenter d'amadouer les officiers chargés de le transférer en lieu sûr. Roué, retors et madré, il jouait le faible, le désemparé. « Je suis un vieil homme. Je suis malade. Donnez-moi la liberté et laissez-moi aller en Europe. » Mais les Jeunes-Turcs savaient trop comment, en Europe, il était facile de se refaire une santé. Ils ne voulaient pas courir ce risque. De nuit, furtivement, Abdul Hamid quitta son palais avec quatre de ses favorites, quelques eunuques noirs et une infime part de ses trésors. Contrairement à ce que l'on a pu affirmer ici ou là afin d'accréditer une absurde fable, ce n'était pas parce que le Sultan possédait un diamant maléfique, connu désormais sous le nom de *Hope Diamond*, une pierre énorme venue de Golconde, arrachée peut-être à une idole hindoue par un certain Tavernier qui finit déchiré par des chiens sauvages, un diamant bleu qui portait malheur à qui le détenait, joyau passé de la Montespan, sulfureuse maîtresse de Louis XIV, à Marie-Antoinette, épouse fatale de Louis XVI, bijou enfoui par la Révolution qui réapparut au cou d'une courtisane parisienne bientôt assassinée par son amant princier, puis chez un Grec destiné à finir au fond d'un précipice, et enfin dans les coffres bien remplis d'Abdul Hamid, ce n'était pas, donc, parce qu'il gardait pour lui ce fameux diamant de plus de quarante-cinq carats que le Sultan fut renversé. C'était plutôt à cause d'une simple loi des sociétés humaines qui veut que, comme l'attestait un autre philosophe, là où il y a oppression, il y a révolte.

V

La vie et l'œuvre funestes du Sultan nourrirent longtemps l'imaginaire européen. Lorsque survint la guerre, en 1914, à l'automne, l'homme du *Mystère de la chambre jaune* et du *Parfum de la dame en noir* expédia du côté du Bosphore le reporter intrépide et débrouillard dont il avait fait un héros, car il fallait savoir se distraire à l'arrière. Abdul Hamid, souverain détrôné, jouait dans ce feuilleton original le rôle de personnage secondaire, mais ô combien attrayant et nécessaire, pour les lecteurs du *Matin.* « Est-il aussi cruel que l'on dit ? demandait Rouletabille. — Il l'est peut-être plus encore, s'il faut en croire les anecdotes. » Le mauvais papier, les couvertures éclatantes et les tirages fabuleux des romans populaires entretenaient au plus profond des peuples l'effrayante célébrité du Sultan et la réalité de ses crimes. Errant à la recherche des joyaux, des rubis, des émeraudes, des saphirs, des diamants à remuer à la pelle, des améthystes, des opales, des chrysolites, des lapis-lazulis, des tourmalines, des monceaux d'or et d'argent dissimulés dans le palais de Yildiz Kiosk, Rouletabille se prenait à frissonner « en ces lieux historiques, qui virent tant de choses... tant d'horribles choses... C'est là que furent organisées et prescrites les épouvantables vêpres arméniennes » (comme on dit en pâlissant les Vêpres siciliennes, terrifiants massacres de 1282 qui hantent toujours les consciences). L'équipée orientale de Joseph Rouletabille, comme toutes et chacune de ses aventures étonnantes, passionna la France et l'Europe. *Les Mystères du Bosphore* (ou *Les Étranges Noces de Rouletabille* ou encore *Rouletabille à la guerre*) furent traduits dans les années vingt en italien, en castillan et en tchèque, à Milan par Giuditta Rotti, à Madrid par Nicolás Aguilar y Muñoz, à Prague par Franta Štepánek, et il se peut que l'on déniche dans telle ou telle capitale quelques éditions oubliées.

Il allait de soi pour tous les hommes de ce temps, évidence d'entre les évidences, qu'Abdul Hamid était un assassin de premier ordre parmi les assassins. En 1935, le réalisateur Karl Grune tourna un film intitulé *Abdul the Damned* (en anglais), *Abdul der Verdammte* (en allemand), avec Fritz Kortner dans le rôle du Sultan, l'acteur suédois Nils Asther en chef de la police ottomane et l'Américaine Adrienne Ames, de Fort Worth, Texas, en femme ravissante et aguicheuse. Karl Grune avait quitté l'Allemagne avant la catastrophe pour se réfugier en France puis en Angleterre. Kortner également, en cette période maudite, ne dut son salut qu'à la fuite. C'est grâce à ces circonstances douloureuses qu'il incarna, dans des studios britanniques, un assassin d'envergure. La firme de cigarettes Gallaher Ltd inclut *Abdul the Damned* dans sa série de cartes publicitaires polychromes « Scènes fameuses du cinéma », que l'on peut encore se procurer aisément pour une livre sterling. En France, le film prit pour titre *Le Sultan Rouge.* Il ne s'agissait évidemment pas d'une allusion à d'improbables convictions progressistes, mais à la couleur du sang qu'Abdul Hamid avait répandu sans scrupules. À sa sortie, le film fit forte impression : « La plus grandiose production réalisée en Europe », assurait *L'Écran lyonnais* : « Belle reconstitution de la Turquie de 1908 répondant à ce qui est encore présent dans la mémoire. » Lucien Ray, qui gagnait sa vie comme il pouvait au *Film-Complet,* fascicule à trente centimes livré trois fois par semaine, en tira un ciné-roman illustré pour les grisettes, les jeunes vendeuses des vieux magasins et des boutiques de mode, les couturières agiles du XIVe arrondissement, les petites ouvrières d'Aubervilliers et de Levallois-Perret, et les couples accrochés aux fauteuils moirés du Rex, du Novelty, de l'Éden et du Régence. « L'Orient-Express roulait à bonne allure vers Constantinople… » Cela commençait bien. « Dans le train se trouvaient de nombreuses personnalités célèbres ou marquantes à plus d'un titre... » Quels veinards. Bécasses à la Monaco, selle de chevreuil à la Duchesse, bouteille de listrac à trois francs et champagne Verzenay à six au wagon-restaurant. « Constantinople ! On voyait des minarets d'or, des mosquées, des palais d'un art raffiné et barbare, on entendait, à l'aube et au crépuscule, le chant aigre et grelottant de cent muezzins envoyant vers La Mecque leur invocation passionnée... On respirait de lourds parfums ; on redoutait les chiens maigres et efflanqués et l'on fuyait les cimetières, où, parmi les tombes musulmanes, des femmes impudiques invitaient des hommes. » Lucien Ray avait du métier. Il travaillait rue de Dunkerque, à Paris, pour l'éditeur de *Bibi Fricotin* et des *Pieds Nickelés* (et ceux-là aussi connaissaient bien Constantinople pour avoir fait la nique aux Turcs). « À quelque chose d'indéfinissable, poursuivait le romancier à six sous, on sentait qu'on était dans un pays où la tyrannie exerçait ses sanglants ravages. » Dans ce décor inquiétant, autour d'une réclame pour la Reine des Crèmes et la poudre Flo (qui vous feront la beauté du Diable), l'amour et la politique se fondaient en une palpitante aventure.

L'héroïne, Thérèse, chanteuse d'opérette viennoise venue à Constantinople en train de luxe afin d'épouser l'officier Talak, un jeune homme brave et émancipé, devait céder à l'immonde convoitise du Sultan pour sauver son amoureux du peloton d'exécution. Gracié, Talak s'en allait rejoindre les Jeunes-Turcs à Salonique. « Sa résolution était prise, il fallait coûte que coûte sauver la Turquie de la tyrannie sanglante d'un monarque obsédé de crimes. » Or, pour l'avoir vu de près, pour avoir été l'objet de ses attentions et de ses faveurs, peut-être, la jolie Thérèse se sentait prise de commisération, de sympathie, presque, pour le despote. Après tout, il aimait son chat angora et la musique de chambre. « Ah ! le pouvoir est une terrible chose ! » soupirait le monarque devant elle. Elle comprenait. « Ah ! Je dois vous faire horreur ! Il y a tant de sang sur mes mains. » — « Étrangement remuée, Thérèse regardait ces mains qui étaient pourtant blanches. » Cependant, à Salonique, loin de sa belle, le séduisant Talak semait les graines de la révolte, levait des légions de volontaires et marchait sur Constantinople pour le dénouement (car le film ne durait que cent neuf minutes et le ciné-roman ne s'étalait que sur quatorze pages). « Alors, Talak Pacha, qui était le chef des Jeunes-Turcs, s'étant enfin frayé un passage au milieu de ses troupes qui l'avaient débordé, s'approcha et d'une voix vibrante cria : — Abdul Hamid, vous êtes déposé, votre règne a pris fin !... La Turquie ne veut plus de sang ! » Le Sultan s'inclina devant les baïonnettes. « Et Talak, continuant sa marche victorieuse dans le palais, rencontra bientôt Thérèse, sa fiancée bien aimée, qu'il avait enfin reconquise, tout en débarrassant sa patrie d'un tyran, dont le monde répétera pendant des siècles les innombrables forfaits. » Fin.

Le fantôme d'Abdul Hamid trouva refuge encore dans les nouvelles hasardeuses qu'un auteur de *pulp fiction*, ami de Lawrence d'Arabie, proposait au *Blue Book Magazine* et au *Boston Sunday Globe* : « Les chiens d'Istanbul », « Le trésor d'Abdul the Damned », « Orient-Express »... C'est dire si le Sultan Rouge avait laissé un souvenir tenace dans la conscience occidentale. Aussi le renversement d'Abdul Hamid fut-il, pour l'Europe, une bénédiction.

VI

L'Europe interloquée étudiait avec bienveillance ce qu'elle appelait « le mouvement libéral en Turquie ». Les commentaires allaient bon train dans tous les milieux, des plus modérés aux plus intransigeants. L'homme même qui par ses œuvres avait ébranlé la Russie de haut en bas, l'ancien président du soviet de Pétersbourg, Léon Trotsky, qui rêvait de révolution permanente, confia ses impressions à la *Pravda*, petit journal qu'il éditait à Vienne. Il parlait pour ceux qui n'avaient jamais vu une carte de géographie et, dans un louable souci de clarté, mettait les points sur les *i* : « La Turquie, écrivait-il, se trouve dans la péninsule balkanique, dans le coin sud-est de l'Europe. Depuis des temps immémoriaux, ce pays a symbolisé la stagnation, l'immobilisme et le despotisme. Sur ce terrain, le sultan de Constantinople n'est en rien inférieur à son frère de Saint-Pétersbourg, il le surpasse même. Des populations de races et de religions différentes (Slaves, Arméniens,

Grecs) furent soumises à de diaboliques persécutions. Mais le peuple du Sultan lui-même — les musulmans turcs — ne vivait pas dans le bonheur. Les paysans étaient pratiquement tenus en esclavage par les agents de l'administration et les propriétaires fonciers. Ils étaient pauvres, ignorants, sujets à la superstition. Il y avait peu d'écoles. » Voilà ce qu'il disait à Vienne dans son exil. Trotsky, en définitive, se demandait si les Jeunes-Turcs formés en Occident auraient l'intuition et la hardiesse d'affronter d'aussi difficiles problèmes et d'opter pour la seule solution qui vaille, la solution démocratique à laquelle les nations debout pouvaient prétendre.

Les Jeunes-Turcs avaient pris le nom de Comité Union et Progrès, ce qui était de bon augure. Le mouvement avait ses têtes civiles et ses gloires militaires. De Paris venaient le directeur du *Mechveret*, Ahmed Riza, établi rue Monge, au Quartier latin, et un diplômé de la faculté de médecine, le docteur Nazim que l'on présentait volontiers comme le « missionnaire des idées libérales en Asie Mineure ». Ces révolutionnaires n'avaient rien d'inquiétant. Ahmed Riza arborait une barbe blanche savamment taillée, portait une redingote de bonne coupe et collaborait à *La Revue occidentale* des positivistes. Il avait assisté en familier à l'inauguration de la statue de marbre d'Auguste Comte sur la place de la Sorbonne et tenait le cordon du poêle lors des funérailles du Grand Maître Pierre Laffitte, ami du progrès et de la propriété, titulaire d'une chaire d'histoire des sciences au Collège de France. Ahmed Riza disposait de ce fait d'une certaine créance dans les milieux diplomatiques. Son acolyte, le docteur Nazim, cheveux peignés en arrière, avait belle prestance. Un autre médecin, Behaeddine Chakir, qui se joignit au groupe, soignait sa moustache Belle Époque. Les militaires arrivaient avec leurs unités de Salonique, ville bigarrée et industrieuse. Ils avaient conspiré à l'abri des loges maçonniques, prêtant serment sur le poignard, et s'étaient aguerris dans les montagnes. C'était eux que l'on célébrait d'abord, car c'était eux qui avaient renversé le régime honni. Le commandant Enver Bey, diplômé de l'École de guerre, restait simple dans son modeste uniforme. Ahmed Djemal se distinguait seulement par sa large barbe noire. L'unique note extravagante était donnée par l'adjudant-major Niazi Bey, un Albanais au regard farouche, coiffé d'un bonnet sur lequel était inscrit en caractères ottomans *Fedaî Vatan* — « Sacrifié pour la Patrie ». En effet, Niazi ne fit pas de vieux os. D'une manière générale, les membres du Comité Union et Progrès ne brillaient guère par l'originalité de leur mise. Ils avaient plutôt l'allure d'employés modèles : Talaat, l'ancien fonctionnaire des Postes et Télégraphes, Djavid, le financier aux petits lorgnons que l'on disait bon orateur. Réunis en assemblée, ils se ressemblaient tous, peu ou prou, les civils en civil et les militaires en militaire. Les uns portaient le fez, les autres la toque d'astrakan. Mais ils n'étaient pas là pour se faire remarquer. Ils restaient dans l'ombre tandis que les rues de Constantinople s'emplissaient de foules en liesse.

Comme dans toute révolution, le peuple goûtait à l'eau pure de la liberté, se prenait à espérer un futur meilleur. Les Arméniens ne furent pas les derniers à applaudir. Dans les jardins du Taksim, des tribuns improvisés, arborant rubans et cocardes rouges, déroulaient sans discontinuer des discours de fraternité et d'égalité. On vit même, aux premiers jours, les bourreaux d'hier faire acte de contrition devant les victimes de 1896. Sur son carnet, un journaliste saisissait l'ambiance : « Un grand souffle affectueux, très doux, très apaisant, caressait tous les cœurs. » Juchés sur des chars couverts de fleurs et de tissus éblouissants, des groupes arméniens, israélites, grecs et musulmans défilaient dans les rues de Smyrne en se tenant la main tandis que des fanfares militaires jouaient *La Marseillaise* (les journalistes français adoraient rapporter cette anecdote). Sur des tréteaux brinquebalants installés devant leurs casernes, soldats et officiers récitaient des couplets patriotiques, mimaient les batailles gagnées avec force détonations, tirs aux oiseaux et feux de Bengale. Les gestes interdits de l'ordre ancien semblaient désormais licites et désirables. En place des gravures obscènes, fournies subrepticement aux étrangers délurés pour quelques piastres, se vendaient à la criée les caricatures piquantes des ministres corrompus d'hier. Au lieu du théâtre d'ombres traditionnel, les salles décorées de Péra ou de Stamboul offraient en spectacle une invention miraculeuse qui attirait les gens comme la lampe à pétrole attire les mouches et qu'Abdul Hamid abhorrait par-dessus tout. Il n'avait que défiance, suspicion et animosité pour les appareils à manivelle. Peut-être était-ce à cause des mitrailleuses Gatling qui avaient causé tant de dégâts et rendu tant de services, ou du fait de l'homme qui envoya Rouletabille sur le Bosphore mais n'était pas là *au moment du grand grincement de déclenchement dans la manivelle de la musique de l'air du crime.* Le cinématographe rebutait donc le Sultan et il avait défendu par firman qu'une quelconque boîte à manivelle pût capter les images vives des minarets et des coupoles resplendissantes, du Bosphore, des îles des Princes, des caïques à voiles latines menés par d'habiles marins aux traits burinés, et d'autres habitants du lieu. Le temps de l'interdit était fini. Un Juif roumain, libre de tout préjugé, produisait pour les gens du commun les bandes perforées de la société Pathé au coq allègre, et cela plut aux gens du commun. Ils s'agglutinaient à la brasserie Sponeck, au théâtre des Variétés, au Concordia ou dans le jardin du café

Fevziye pour voir leurs semblables, les humains du globe, pareils à eux sujets ottomans, s'agiter sur une toile lumineuse tendue sur le mur.

Friands de distractions insolites, les citadins ouverts à tout se pressaient sur la colline pour voir Blériot, celui qui avait traversé sur son oiseau mécanique une mer plus large que le Bosphore, s'écraser sur une maison de bois du ravin de Tatavla. Des élégantes vêtues à la mode de Paris et portant sac à main formaient des clubs de discussion. Constantinople s'enhardissait, s'animait d'incidents jusque-là inédits. Elle connut, fait ahurissant, des grèves : à la verrerie, aux tabacs, au port, à la poste, dans les tramways. Les hommes de pauvre condition, les manœuvres, les portefaix, les *hamal* à la large ceinture, les rien du tout se croisaient les bras, s'asseyaient et parlaient en fumant. « C'est assommant ! » s'exclamaient les étrangers. « Que veulent-ils ? — Mais, monsieur, naturellement une diminution des heures de travail et une augmentation de salaire. » Naturellement. Ce n'étaient cependant que songes et illusions, mirages et chimères. Les quelques ouvriers et intellectuels grecs, turcs, arméniens, juifs et bulgares qui, ensemble, avaient eu la mauvaise idée de créer à Constantinople un centre social-démocrate à l'européenne, furent brutalement ramenés à la dure réalité et se retrouvèrent sans délai en prison ou en exil. Car il n'y avait de place que pour une seule idée dans le pays des minarets.

VII

Un jour d'entre les jours, ceux qui étaient arrivés gonflés d'ambition de Paris ou de Salonique, de Londres, de Genève ou du Caire, et alors qu'ils avaient conquis le pouvoir mais hésitaient sur son usage, décidèrent enfin qu'ils allaient faire un pas vers le Progrès. Ils ne savaient comment s'y prendre. Puisqu'il fallait commencer par un bout, ils entreprirent tout d'abord de se débarrasser des chiens.

Constantinople manquait de l'hygiène la plus élémentaire. Ils le vérifiaient quotidiennement, eux qui avaient l'expérience des cafés des capitales occidentales et des casernes de Macédoine. Or à Constantinople, depuis des lustres et des lustres, des siècles sans doute, divaguaient des chiens par milliers, des chiens jaunes, des chiens gris, des chiens noir et blanc, des chiens roux au museau pointu qui formaient une société particulière et avaient attiré l'attention, naguère, de quelques scientifiques, par leur nombre et pour leurs mœurs fort sociables. On disait, c'était chose rare, qu'ils s'entendaient parfaitement avec les chats et montraient ainsi une tendance étonnante à la tolérance, à la douceur de vivre en compagnie. Ils étaient aimés du petit peuple mais détestés de quelques-uns. Le docteur Chakir, depuis qu'à la faveur des changements politiques il occupait une charge importante à la faculté de médecine, s'en servait comme animaux de laboratoire. Et les chiens à l'instinct sûr le fuyaient comme la peste, la rage et le choléra. Pour cette raison ou une autre, en tout état de cause, il fut décidé en haut lieu d'en finir avec les chiens de rue. Opération audacieuse qu'avait tentée sans succès Mahmoud le Second, le Grand, le Révéré, celui qui avait anéanti en une journée de juin 1826 les janissaires arrogants. Opération sérieuse qui donna lieu à publications (on en trouve trace dans la revue d'*Hygiène générale et appliquée*). Un représentant de l'Institut Pasteur de Paris soumit le projet d'une liquidation industrielle et généralisée, à l'abri des regards, par le truchement de chambres à gaz, solution qui lui semblait économique et digne d'avenir, et qui avait l'avantage, à son avis, de permettre la récupération commerciale des restes, poils, peaux, os, graisses, matières albuminoïdes, « intestins, même ». Les Jeunes-Turcs, cependant, craignaient que le malin ne demande, comme le faisaient souvent les étrangers en ce pays, un pourcentage exorbitant sur les transactions, et ils préférèrent agir selon les procédés traditionnels, moins coûteux quoique plus visibles.

Des désœuvrés, encadrés par des gendarmes, furent recrutés comme tâcherons pour se saisir des chiens dans les divers quartiers, à l'aide de lassos et de tenailles de fonte. L'affaire, toute l'affaire, fut bouclée en quinze jours. Les animaux étaient repérés, cernés, traqués, coincés, pris avec ou sans bataille, enfermés dans des cages posées sur des charrettes, puis emmenés en barque vers leur destin. Un spectateur relevait que les chiens, si combatifs d'ordinaire quand on leur cherchait noise, cessaient d'un coup toute résistance : « Ils se tenaient serrés les uns contre les autres, mornes et silencieux. Ils jetaient sur la ville, qui pendant si longtemps leur avait donné l'hospitalité et maintenant les rejetait de son sein, des regards à la fois étonnés et anxieux. On eût dit qu'ils se demandaient quel crime ils avaient commis, qu'ils méditaient sur l'inconstance et l'ingratitude des hommes, et prévoyaient le sort terrible qui les attendait. » Sur un îlot rocheux, un îlot désert de la mer de Marmara, sans eau ni nourriture, ils attendaient la mort. Ils restaient debout sur les galets du rivage, les oreilles en arrière, immobiles, figés de stupeur. On aurait pu compter leurs côtes. L'air transparent et léger s'emplit bientôt de leurs hurlements lugubres, loin sur le Bosphore et la Corne d'Or. Puis le bruit décrut, faiblit et cessa tout à fait. Le petit peuple était accablé et triste. Mais le programme et la volonté du Comité Union et Progrès étaient accomplis.

En ces jours, ces nuits, ces heures et ces instants, se déroulaient d'autres événements qu'une chronique avare laissait ignorés. Au moment même où l'armée des Jeunes-Turcs réglait son compte à la Dynastie, en différents points de l'Empire la population arménienne vit fondre sur elle les égorgeurs, les coupe-jarrets, les Assassins de toujours. « Il est impossible encore de se faire une idée exacte de ce que furent ces scènes de sauvagerie, ni d'évaluer, de façon approximative, le chiffre des morts », rapportaient les journaux de France au 15 mai 1909. À Adana, Kessab, Latakieh, Bazit, Antioche, les tueurs méthodiques firent leur œuvre. Des marins du croiseur français *Victor-Hugo* photographièrent avec une précision angoissante les corps flottant au gré des vagues. « Trois mille cadavres d'Arméniens ont été jetés dans la rivière qui passe à Adana, le Seihoun (ancien Cydnus). Cette rivière coule actuellement en torrent à cause de la fonte des neiges et les cadavres roulent, pêle-mêle, vers la mer située à vingt kilomètres. On commence à les voir surnager le long de la côte, apportés par les courants, et les navires de guerre européens peuvent les voir passer lentement, mutilés et tuméfiés, le long du bord... Noté, celui d'une fillette de quatre ou cinq ans. Celui encore d'un homme ouvert du bas-ventre au menton, comme bête de boucherie, bras et jambes coupés... » (lettre d'un officier au *Figaro* de Paris).

Soldats constitutionnalistes et bandes réactionnaires à turban, Jeunes-Turcs et Vieux de la Montagne faisaient cause commune, pris d'une rage atavique. On aurait dit une incontournable fatalité. Les Jeunes-Turcs au pouvoir se coulaient à la perfection dans la tradition. Il est admis, généralement, que vingt mille personnes périrent alors, brûlées, écorchées, coupées en morceaux. Qui ne croyait pas à la fatalité, au mauvais sort, aux malédictions ou à l'éternité de l'âme nationale, ne pouvait que renvoyer la responsabilité de ces tragiques épisodes sur une politique, celle des Jeunes-Turcs et de leur gouvernement, qui était à l'inverse de ce qu'ils avaient annoncé, clamé, promis dans l'exil. « Leur caractère contre-révolutionnaire montrait de plus en plus le bout de l'oreille, et ils ne tardèrent pas à en revenir, tout naturellement, aux méthodes de domination ancestrales qui étaient celles d'Abdul Hamid : organiser périodiquement des bains de sang en dressant les uns contre les autres les peuples vassaux, et exploiter la paysannerie sans ménagement, à la mode orientale, ces deux méthodes constituant les deux piliers de l'État » : ainsi parlait l'Européenne d'avant-garde que Guillaume II tenait enfermée et qui s'appelait Rosa Luxemburg. Tel était le jugement sans appel que, du fond de son cachot, elle formulait à l'égard du Comité Union et Progrès, maître de la Turquie.

VIII

Qu'à cette époque précise la Turquie ait traversé épreuve sur épreuve est indubitable. La Tripolitaine et la Cyrénaïque lui filaient entre les doigts, l'agitation balkanique lui travaillait le ventre. Les Italiens voraces s'appropriaient au canon Bérénice, Cyrène et les ruines antiques du désert. Le roi du Monténégro lui déclarait la guerre, la Bulgarie s'en mêlait, et la Serbie, et la Grèce. Serbes en calot, Grecs en casquette et Turcs en turban, chargés comme des mulets, sac au dos, se cherchaient et se livraient bataille en Albanie et en Macédoine, à Monastir, Kumanovo, Janina, sur la vallée du Vardar et la gorge de Davat. Les Bulgares s'enfonçaient en Thrace. Bref, la Grande Turquie ottomane s'étiolait, se décomposait, partait en lambeaux. De longues files de soldats s'étiraient dans les campagnes, cartouchières autour du torse, fusil Martini-Henry à un coup sur l'épaule. Les lourds chevaux tiraient sur le sol accidenté des affûts de canons ou portaient sur l'échine des caisses de munitions et des obusiers de montagne. Les marches interminables laissaient les hommes harassés, juste bons à se coucher sur le flanc auprès des feux et il n'y avait guère de quoi se remplir le ventre. Le pain, la chorba n'étaient qu'un souvenir évanescent, il fallait, à la nuit, aller grappiller des grains de blé ou de maïs dans les granges abandonnées. Lorsque, d'un côté ou de l'autre, l'affaire tournait mal, les belligérants, officiers en tête, livraient leurs jambes au vent.

Sur ces guerres en chapelet, les Jeunes-Turcs établissaient leur légende fallacieuse et, croyaient-ils, leur légitimité. Entouré d'une foule d'énergumènes braillant « Vive la Guerre ! Vive l'Union et Progrès ! », Enver avait de sa main, sur le seuil de la Sublime Porte, effacé un ministre d'une balle dans l'œil. Avec Talaat, ils extorquèrent au Grand Vizir défaillant son acte de démission pour mettre à sa place un homme à eux. La loi, la suprême faculté de faire et de défaire, leur appartenait. Ils n'étaient pas des pleutres et pliaient le présent à leur volonté. Un jour qu'au Parlement, car il existait un parlement depuis la révolution, Boussios Effendi, député de Serfidjié, se plaignait du traitement injuste et outrageant infligé aux commerçants grecs empêchés de vendre en paix leurs olives et leurs sardines, il se vit interrompre par Talaat depuis le banc des ministres : « Tais-toi, nous te connaissons ! » Le représentant était coriace : « C'est à toi de te taire, tu ne me fais pas peur, tu ne sais donc pas que quand je parle du haut de la tribune nationale, tu n'es à mes yeux qu'une fourmi ? » Or Talaat savait qu'il était tout sauf cela. Il traita le député de *kerata* et d'*efchkié*, ce qui peut signifier aussi bien cocu que manant et gredin. Une autre fois que Zohrab Effendi, député de Constantinople, s'épanchait sur les bienfaits du chemin de fer, que l'Albanais Ismaïl Kemal Bey le contestait, et que la discussion finit par tourner sur les commissions, gratifications et bakchichs touchés ici ou là, les Jeunes-Turcs irrités sautèrent sur leurs opposants et, dans l'enceinte de l'Assemblée, souffletèrent l'Albanais en une offense irrémissible. Les Jeunes-Turcs ne manifestaient pas pour le Parlement une excessive dévotion. L'état de siège avait leur préférence. En 1914, ils détenaient le pouvoir absolu. « Il faut que quelqu'un gouverne la Turquie, plaidaient-ils, pourquoi pas nous ? » Talaat Pacha, ministre de l'Intérieur, Enver Pacha, ministre de la Guerre, Djemal Pacha, ministre de la Marine. Au lieu d'un dictateur, la Turquie en avait gagné trois. Derrière eux se profilaient Nazim, Chakir, la cohorte de leurs disciples, et Saïd Halim, secrétaire du Comité Union et Progrès, en Grand Vizir.

Lorsque François-Ferdinand d'Autriche fut assassiné par un nationaliste serbe à Sarajevo, lorsque le Français Jaurès fut abattu par un forcené d'extrême droite au café du Croissant, lorsque l'Europe tout entière bascula d'un coup dans la guerre, le Comité Union et Progrès, encore fringant et prêt pour de nouvelles aventures, pencha pour le Kaiser. Il était difficile de deviner ce que les Jeunes-Turcs espéraient du conflit. Il n'était pas aisé de lire dans leurs cerveaux. *Nul parmi ceux qui ont interrogé le noir mystère,* consignait le sage ancien, *n'a fait un pas hors du cercle de l'ombre.* Mais les sages anciens étaient délaissés. Le docteur Nazim avait emprunté à des poètes exaltés une idée prisée alors chez certains philosophes et sociologues positifs, une idée que des médecins méticuleux, des avocats enflammés, des étudiants arriérés trouvaient fascinante, une idée qui séduisait au premier chef les militaires orgueilleux, une ensorcelante idée qui captivait les esprits modernes aussi bien que les masses archaïques : l'idée de la race, des ancêtres, du sol et du sang, de la nation raciale, du socle ethnique — le *turquisme.* La Turquie, la Grande Turquie, la Turquie pure, *Touran,* le Pantouranisme. *Türk Yurdu. Türk Ocaği.* L'idée était banale, mais meurtrière. L'Europe entière piétinait dans les tranchées. Les Tommies, les Poilus, les Teutons, les Serbes, les Hongrois, les Russes, les Moldo-Valaques, tout ça dans le froid, dans la boue et le bruit fracassant des obus. La Grande Serbie, la Grande Allemagne, la Grande Russie, la France éternelle. Chacun y allait de son petit couplet, chacun défendait son bout de gras. *La Guerre, seule hygiène du monde,* chantait sur tous les tons Marinetti, le futuriste en nœud papillon. En novembre 1914 à Constantinople, sous le regard de Talaat Pacha, le Cheikh-ul-Islam décréta le Djihad. Les étendards verts du Prophète se mêlaient dans les rues aux drapeaux rouges frappés du croissant et de l'étoile blanche. Pour bien faire, des manifestants brisèrent quelques vitrines arméniennes.

IX

Enver Pacha devint généralissime. Djemal Pacha arborait sur la vareuse de son bel uniforme neuf à épaulettes dorées de superbes plaques scintillantes, des médailles et la Croix de fer. Les méchantes langues, au souvenir de leur origine et au vu de leur ascension, soutenaient que Djemal savait surtout se battre à la table de poker du Cercle d'Orient et qu'Enver avait davantage l'allure d'un commis jardinier que d'un général. C'était peut-être vrai. Mais ils savaient aussi pendre les gens à des trépieds sur la place Bayazid ou à Damas et hériter la fortune des notables récalcitrants. Sur une seule affaire, Enver s'était mis dans la poche quarante millions de marks-or, et Djemal ne se débrouillait pas mal non plus. Celui-ci avait contre lui, alléguaient certains, une *physionomie d'assassin* qui desservait auprès des étrangers le bourreau qu'il était réellement. Djemal Pacha ne faisait pas bonne figure. Sans doute la barbe qui lui mangeait la face était-elle la cause immédiate de cette perception négative plus que le feu qui dévorait son intérieur et que ses yeux laissaient entrevoir. Les mêmes, cependant, qui le dénigraient sans façon, lui prêtaient une intelligence subtile avec laquelle Enver Pacha ne pouvait rivaliser.

Qu'au physique Enver fût un bellâtre insignifiant était exact, mais il avait dans son bureau un portrait de Napoléon Bonaparte, expert en batailles, intrigues et reniements, et le cinquième de ses mots, lorsqu'il parlait, était toujours « moi », quand ce n'était pas le premier. « Je suis content de moi », se plaisait-il à répéter. C'est lui qui, voyant Védrines et Marc Bonnier franchir de trois coups d'ailes le Taurus enneigé, avait conçu le raid aérien Constantinople-Alexandrie au cours duquel, en une fin affreuse, périt son aide de camp Sélim Sadik Bey aux joues creuses. Tel était le prix qu'il fallait acquitter, parfois. En tenue militaire, les bras croisés, le buste légèrement tourné et le menton haut, Enver posait sur des cartes postales retouchées. Il avait emporté dans son paquetage, en Tripolitaine, le *Faust* de Goethe, fable magique en langue gothique venant de la profondeur des âges, histoire horrifique mais mirobolante d'un être d'exception issu de rien, *philosophus philosophorum, turpissima bestia et cloaca multorum diabolorum*, qu'un pacte liait à tous les triomphes, à toutes les consécrations pour les années qui lui étaient comptées. Ce n'était pas par les sortilèges de la salamandre ou du sylphe, par l'invocation des incubes lovés dans des fioles de cristal limpide, par des incantations impénétrables, des philtres de jeunesse, des élixirs de vie et autres mélanges fantastiques de safran, d'aloès, d'ambre, de pétales fragiles de roses pourpres avec la moelle fraîche des os brisés que lui, Enver Pacha, entendait conquérir l'éternité. C'était par ses œuvres. Enver croyait en son étoile. Il épousa une sultane, descendante authentique des fils d'Osman, et vécut richement dans les beaux quartiers. Quant à Talaat, aussi grand et fort qu'Enver était petit et mince, l'ostentation ne lui convenait guère. Il se contentait, chez lui, de boire du gin et de tirer les ficelles, de savoir avant quiconque ce qui se tramait chez les Ottomans grâce aux appareils dernier cri dont il avait appris le maniement lorsqu'il était agent des Postes et Télégraphes. C'est ainsi que, chacun avec ses dispositions, chacun avec ses penchants, les trois pachas partirent en guerre.

Engagée aux côtés des Puissances centrales, l'armée turque ferraillait au Caucase, à Suez et dans les Dardanelles. Les Russes avançaient, les Russes reculaient. Les Anglo-Français débarquaient à Gallipoli. Les Anglo-Indiens lorgnaient sur Bagdad et la Mésopotamie. « Ces *köpek*, ces chiens, souillent notre terre sainte », grogna Enver. L'armée turque défendait l'Empire. Le temps était venu des bannières déployées, des ambitions démesurées, le temps enfin de la Turquie rêvée des Jeunes-Turcs. Enver Pacha, grand commandant, franchit les lieues et les monts pour attaquer l'ennemi, aux confins du Nord, dans l'hiver glacial, à Sarikamich. « La victoire est certaine », lançait-il. Le vent impétueux soufflait sur les hommes, cinglait les visages, raidissait les doigts et les membres, transperçait les vêtements. Une tempête sans fin engloutit la IIIe Armée ottomane. « Si j'échoue, concédait Enver en un élan digne des héros, je mourrai avec le dernier de mes soldats. » C'était s'avancer imprudemment. Ses fantassins épuisés s'enfonçaient dans la neige et tombaient pour ne plus se relever. Quatre-vingt mille. Au bout du compte, Enver se ravisa. Il monta dans une automobile et rejoignit Constantinople. La rumeur se propageait, courait de bouche en bouche : « Enver Pacha a disparu », « Enver est en fuite ». La défaite l'affectait. Il était blême. « Alors ? » lui demanda-t-on. « Nous avons combattu, c'est tout », lâcha-t-il. Et il interdit à quiconque de prononcer dorénavant le nom de Sarikamich. Il fut obéi car il était le chef.

Cependant, à l'autre extrémité de l'Empire, Djemal tentait sa chance. Ayant entendu dire que l'Égypte, ancien royaume béni parmi les royaumes, était la clef du monde, il poussa ses divisions à travers le désert du Sinaï. N'était-ce pas ainsi qu'avaient assuré leurs conquêtes Cambyse, roi des Perses et des Mèdes, Artaxerxès après lui, et Alexandre le Grand, celui dont l'infinité des siècles chante les louanges ? Un jour que le khamsin soulevait le sable en tourbillons ardents, obscurcissant l'horizon et le ciel, Djemal Pacha lança ses troupes, sa cavalerie, ses dromadaires et ses canons de 270 à l'assaut d'Ismaïlia. Avec l'aide de Dieu, pensait-il, et des stratèges allemands, il se rendrait maître du canal inestimable ouvert entre les mers chaudes, de Port-Saïd à Suez. Les Australiens du bush et les Gurkhas népalais, amenés là par bateaux entiers, contrarièrent ses projets. Djemal se replia et établit ses quartiers en Palestine et en Syrie où il avait fort à faire.

X

Le 30 avril 1915, le baron Hans von Wangenheim, ambassadeur de Guillaume II à Constantinople, adressait à Son Excellence le chancelier impérial Theobald von Bethmann-Hollweg à Berlin une dépêche fort alarmante : « Dans les nuits du samedi 24 au dimanche 25 et du dimanche au lundi 26 avril, de nombreux Arméniens ont été arrêtés — probablement 500 personnes au total —, de toutes les classes de la société, en particulier des médecins, des journalistes, des écrivains, des intellectuels et, également, quelques députés. » Et tous ces gens furent retranchés de l'univers. Deux députés, néanmoins, échappèrent à la rafle en raison des liens anciens et amicaux qu'ils entretenaient avec le ministre de l'Intérieur. Ceux-là s'appelaient Zohrab et Vartkès. Le premier était un avocat apprécié de tous. Les chefs du Comité Union et Progrès lui étaient redevables d'avoir soustrait l'un des leurs aux sbires futés de la Sûreté alors qu'il était pourchassé. Le second appartenait au parti Dachnak, la Fédération révolutionnaire arménienne, qui avait salué la révolution jeune-turque et, bien avant, fraternisé dans l'exil ou la clandestinité avec ses inspirateurs. Ceux-là, donc, étaient laissés en liberté en souvenir du *bon vieux temps.* Talaat et Vartkès se parlèrent. Mais les sentiments n'empêchaient pas le destin, la grande idée plantée par des poètes épiques et des médecins pointilleux dans les cervelles des militaires, de s'accomplir. *Türk Yurdu. Türk Ocaği.* Nous. Eux. La race, les ancêtres, la Nation. Les sentiments n'interdisaient pas la franchise : « Nous profiterons de la situation favorable dans laquelle nous nous trouvons pour disperser tellement votre peuple que vous vous ôterez de la tête, pour cinquante ans, toute idée de réforme », déclara Talaat Pacha, ministre de l'Intérieur. « Vous avez donc l'intention de poursuivre l'œuvre d'Abdul Hamid ? » interrogea Vartkès. « Oui ! » coupa Talaat sans plus de précaution oratoire.

Cet entretien était rapporté dans un mémorandum confidentiel, rédigé par un pasteur allemand, imprimé à Potsdam peu de mois après les événements. Vartkès disparut ensuite avec Zohrab, car il y a des limites aux bonnes relations, surtout quand elles ne tiennent qu'au bon vieux temps. Ils périrent tous deux sur la route d'Ourfa, des mains d'un Tcherkesse de l'Organisation spéciale. On ne sait pourquoi, mais il se trouve toujours des sicaires pour se vanter de leurs crimes. « J'ai fait éclater le cerveau de Vartkès avec mon pistolet Mauser, puis j'ai saisi Zohrab, je l'ai jeté à terre et je lui ai écrasé la tête avec une grosse pierre jusqu'à ce qu'il meure. » Cela se passait en un lieu appelé *Cheïtan Déressi*, la vallée du Diable. Talaat, qui avait le sens des convenances, prévint la veuve que son mari avait succombé à une crise cardiaque. Le consul allemand à Alep, du nom de Walter Rössler, avait averti ses supérieurs du sort pénible des députés. « Zohrab et Vartkès Effendi, les deux députés arméniens bien connus, se trouvent actuellement à Alep. Ils font partie du convoi à destination de Diarbékir. D'après les nouvelles qui nous sont parvenues de là-bas, il y a tout lieu de penser que cela signifie pour eux la mort à coup sûr. » Mais les morts ne se comptaient plus. Ils s'entassaient au bord des chemins, au fond des puits, des ravins, sur les berges des rivières, sous les ruines des villages incendiés, dans les grottes du désert.

De tous côtés, de toutes les provinces, montait la rumeur, se recoupaient les informations. Quoique les nouvelles fussent noyées dans le flot des correspondances de guerre, et malgré la censure, elles parvenaient par les moyens les plus modernes à leurs destinataires, c'est-à-dire aux légations, aux Affaires étrangères, et aux rédactions des grands journaux, chez les adversaires, les amis et les neutres. C'était plutôt sur la scène du crime que l'ignorance se manifestait dans son ampleur. « En Amérique, vous n'avez probablement pas encore appris la terrible crise que traversent les Arméniens de Turquie en ce moment », écrivait en juin 1915 une « source autorisée » de Constantinople à des compatriotes new-yorkais. Rien n'était moins vrai. Le *New York Times* des 28 et 29 avril 1915 s'était fait l'écho des démarches de l'ambassadeur Henry Morgenthau auprès du gouvernement ottoman. L'ambassadeur était un homme fin et distingué. Il recevait à son office des voyageurs étrangers, principalement des missionnaires, éparpillés dans les provinces et sur les routes au hasard de leur mission, des voyageurs de toutes nationalités, et de la bouche de ces missionnaires, de ces voyageurs, de ces étrangers d'origines si diverses, il entendait d'effroyables relations, convergentes, analogues, similaires, différant seulement dans le détail des mises à mort, des tortures, des abominations. Bien que cela ne lui plût guère, et que c'était outrepasser son strict devoir de protection des intérêts américains, l'ambassadeur Morgenthau se décida à aviser de ses inquiétudes le chef des chefs du Comité Union et Progrès, le ministre de l'Intérieur Talaat, espérant tomber sur un bon jour : Talaat Pacha, avait-il remarqué, était de tempérament cyclothymique et passait sans transition des plus noires colères à une humeur aimable, gaie et enjouée. Les chances étaient minces. Talaat n'aimait pas qu'on lui parle des Arméniens, cela le mettait en fureur. Talaat appréciait modérément qu'on lui dicte sa conduite, que l'on se mêle de ses affaires, et il se trouvait que ses affaires étaient celles de l'État. « Pourquoi vous intéressez-vous aux Arméniens ? demanda-t-il abruptement. Vous êtes juif et ces gens sont chrétiens. » Ce raisonnement primaire consterna l'ambassadeur, qui avait pourtant quelque habitude de la mentalité de son interlocuteur. « Vous semblez ne pas comprendre, répondis-je, que je ne suis pas ici en qualité de Juif, mais comme ambassadeur américain… Je ne m'adresse pas à vous au nom d'une race ou d'une religion, mais simplement au nom de l'humanité. Vous m'avez dit plusieurs fois que vous désiriez faire de la Turquie une nation marchant vers le progrès. La façon dont vous agissez avec les Arméniens ne vous aidera pas à réaliser ce vœu, au contraire ! On vous considérera comme un peuple réactionnaire, bien en retard sur les autres. » Le progrès, les réactionnaires… Ces mots auraient pu, en certaines circonstances, ramener le Pacha aux estimables idées du *Mechveret*, concoctées à Paris ou à Salonique dans les cafés et les salles de garde, à l'ambitieux programme de la Jeune-Turquie clandestine fondé sur la philosophie positive des modernes sociologues en col cassé. Mais Talaat Pacha, qui tenait maintenant dans le creux de sa main le pouvoir de vie et de mort sur tous les sujets de l'Empire, semblait inaccessible à ces considérations d'un âge révolu. « On ne peut se fier aux Arméniens, avait-il tranché. Et de plus, nos procédés vis-à-vis d'eux ne sont pas l'affaire des États-Unis. » Ce n'était l'affaire de personne, à en croire les Jeunes-Turcs, sinon l'affaire des gendarmes, des *zaptieh*, et de l'Organisation spéciale.

XI

L'Organisation spéciale avait été créée dans le but de mener le plus proprement du monde les sales besognes de la guerre. Il fallait, pour obtenir du résultat, que les exécutants soient intéressés aux bénéfices. Les prisons regorgeaient de ce genre d'individus de sac et de corde. Les portes des cellules s'ouvrirent donc devant les droit commun pour peu qu'ils signent un engagement à obéir au doigt et à l'œil, en gagnant avec la liberté l'autorisation de se payer sur le gibier. Ainsi constituée, à cette fin néfaste, l'Organisation spéciale, *Techkilat-i-Mahsoussé*, dépendait directement et exclusivement du Comité Union et Progrès, aucune institution gouvernementale n'avait à y mettre son nez. Elle était placée sous l'autorité du docteur Nazim et de son confrère Behaeddine Chakir. C'était une structure parfaitement adaptée à ces esprits rationnels, une milice moderne. Moderne, mobile et efficace, au-dessus des lois, si tant est qu'il y ait vraiment eu des lois au pays des

Jeunes-Turcs. L'argent nécessaire à son fonctionnement — car l'argent reste le nerf de la guerre — venait des fonds occultes du parti et des biens raflés dans ses opérations, les armements sortaient des arsenaux militaires, ses groupes d'action étaient connus sous le nom de *tchété.* Le docteur Behaeddine Chakir Bey était un excellent praticien, appliqué, réfléchi, ne laissant rien au hasard. Avait-il acquis ces qualités à la faculté impériale de médecine d'où il sortit diplômé, ou à Paris, ville dans laquelle il se spécialisa en psychiatrie et médecine légale tout en fréquentant le milieu confiné des exilés, ou bien était-ce à la morgue d'Istanbul qu'il eut le bonheur d'administrer avant la guerre ? Ses aptitudes faisaient de lui un homme indispensable dans les fonctions particulières qui lui étaient dévolues. « Les Arméniens déportés ont-ils été liquidés ? s'enquérait-il auprès du vali de Kharpout au printemps 1915. Donne-moi des informations sur les exterminations. Les gens dangereux ont-ils été massacrés ou seulement chassés des villes et déportés ? Fais-le-moi savoir clairement, mon frère. » La mécanique était en route. La machine s'était mise à tourner à plein. Le rendement était excellent.

La Mère des Calamités, la Malfaisante, la Perfide, avait frappé sans rémission ceux qui vivaient là. Quand le crieur public, avec son tambour, annonçait que l'heure était venue de partir, ils rassemblaient leurs affaires, sortaient à pied, en colonnes interminables entourées de gendarmes, et prenaient ainsi le chemin de leur trépas. Alors qu'ils avançaient sous le fouet, à quelques lieues des villes, des bourgades ou des villages, les *tchété* fondaient sur eux au galop multiplié de leurs chevaux et leur faisaient avaler la mort d'une gorgée. « On nous fauche la vie ! On nous extermine ! Nous ne sommes plus que des épaves ! » criaient les assassinés à l'instant de leur assassinat. Mais il n'y avait pour les défendre aucune force, et pour les entendre à peine une âme charitable. Les tuer était un travail intense. Il arrivait que quatre heures d'affilée soient nécessaires pour en saigner quelques milliers.

Alors, la famille de celui qui s'appelait Soghomon et qui était fluet quitta son logis. Cela se passait au début de l'été. Ils furent tous rassemblés, ceux de l'agglomération d'Erzindjan, sur les hauteurs rêches du levant, et on leur dit qu'ils pouvaient emporter des affaires, mais qu'il fallait d'abord donner leur argent et les bijoux, afin qu'ils soient conservés en sûreté jusqu'à leur retour. Au lieu de cela, ils enterrèrent l'argent sous le sol de leur maison et puis ils prirent leur âne avec eux, et peut-être un chariot. Ils n'allèrent pas plus loin que la sortie de la ville car les soldats les tuèrent aussitôt, ceux d'Erzindjan et la famille de Soghomon avec eux. Un gendarme prit sa sœur pour lui — les gendarmes en avaient le droit — et sa mère, sachant ce qu'il adviendrait, cria : « Que je devienne aveugle ! » Mais sa mère mourut aussitôt et son frère aussi, le crâne fendu en deux. Ainsi périrent la famille, les voisins et les connaissances de celui qui s'appelait Soghomon. Et Soghomon, qui pour une raison ou une autre échappa au massacre, partit en Perse dans un endroit appelé Salmast où il entra au service d'un marchand.

Celui qui s'appelait Archavir, qui était gai et espiègle quoique orphelin de père, celui qui était élevé par sa mère dans la ville baignée par le Bosphore et la Corne d'Or, n'en bougea pas, mais la gaieté et l'insouciance le quittèrent pour toujours. Il demeurait à Péra quand, un jour, une grande foule véhémente avait franchi le pont de Galata sans payer l'octroi, armée de pierres et de gourdins. Il avait vu éclater les vitres du grand hôtel Tokatlian et il avait vu les policiers cogner aux portes de ses semblables en jurant, entrer de force et emmener ceux qu'ils avaient choisis. Archavir resta à Constantinople et aida à transformer les celliers, les soupentes, les mansardes en cachettes pour les fugitifs parce qu'il connaissait la ville sur le bout du doigt, les ruelles et les recoins. Telle fut son activité tant que dura la guerre. Quant à celui qui s'appelait Stepan, on ne sait pas.

XII

Au lieu dit Kémah Boghazi, non loin d'Erzindjan, les femmes et les enfants furent précipités dans l'Euphrate du haut des roches. Des hommes décapités, des corps embrochés à la baïonnette, liés ensemble, jonchaient les chemins et les champs. Celles qui racontaient cela étaient deux infirmières danoises au service de la Mission militaire allemande. « Mais pourquoi les faire souffrir d'une façon ineffable ? » demandaient-elles aux *zaptieh,* aux gardes qui surveillaient les déportés. Pourquoi ne pas en finir sur place ? Les gendarmes, qui n'étaient pas dans le secret du Comité Union et Progrès, répondaient avec leurs mots simples et leur raison : « Il faut qu'ils connaissent les misères. De plus, que ferions-nous de cadavres qui puent ? » Et ils se partageaient sur le bord de la route un pantalon, une couverture, une paire de chaussures afin que les dépouilles soient laissées nues aux vautours et aux chacals.

Or, il y avait plus à gagner que de misérables

effets. Tout était à prendre pour rien. Les bœufs, les ânes, les filles, les mulets, les enfants, les grasses brebis, l'argent. Et les meubles des maisons, les tables, les banquettes, les boiseries, les portes, les fenêtres peintes, les miroirs dorés, les aiguières de cuivre neuf, les machines à coudre Singer. De ceux qui se mirent en route pour Malatia et pour Ourfa, un officier tira quatre cents livres, jurant qu'à ce prix ils parviendraient sans encombre à destination. Mais au premier soir il s'éclipsa avec le magot. Au troisième jour, les gendarmes réclamèrent des prisonniers deux cents livres en payement de leur protection puis ils les livrèrent à des bandits kurdes. La colonne s'amenuisait, soit que les marcheurs étaient égorgés, soit qu'ils mouraient d'épuisement sous le soleil incandescent. De ceux qui arrivèrent jusqu'au fleuve Mourad, un chef de bande reçut une livre par tête afin de ne pas les noyer. Passé le cinquantième jour, les rares qui n'avaient pas succombé voulurent se désaltérer à un point d'eau. Leurs gardiens exigèrent trois livres pour chaque verre. Si bien qu'au soixantième jour, de dix-huit mille qu'ils avaient été au départ il n'en restait que trois cents de vivants et moins encore quand ils arrivèrent à Ras-ul-Aïn sur la ligne du chemin de fer de Bagdad.

« Tout ceci nous amuse », déclara Talaat Pacha, la bedaine proéminente, à l'épouse émue de l'ambassadeur Morgenthau. Il était imperméable aux sentiments des dames bien mises de la Nouvelle-Angleterre. Sifflant comme des vipères à cornes, les soudards de l'Organisation spéciale emplissaient à ras bord leurs chariots d'or et d'argent monnayé, de bijoux, de pièces d'orfèvrerie, de vêtements, d'étoffes de soie, de tapis de laine. « Pensez aux pertes matérielles », soufflait, en dernier ressort, l'ambassadeur américain au ministre de l'Intérieur, car il croyait aux vertus de sa logique. « Nous nous moquons des dommages économiques, répliqua Talaat. Nous les avons estimés et savons qu'ils ne dépasseront pas cinq millions de livres. Cela ne nous inquiète pas. » Henry Morgenthau essayait le raisonnement, qu'il croyait fort, auprès d'Enver Pacha : « Vous êtes en train de ruiner votre pays au point de vue économique. » Mais Enver haussait les épaules : « Les considérations économiques nous importent peu en ce moment. » Ils n'avaient pas de l'économie la même conception. De tout ce qui était raflé, une part revenait aux *tchété* et une part allait au Comité Union et Progrès. Les *tchété* d'esprit épais savaient trouver l'argent où il se cachait. Ils faisaient cracher les pièces d'or à ceux qui les tenaient dissimulées dans leur bouche, ils fouillaient les parties intimes des femmes, des hommes, des jeunes filles et jusque dans les entrailles des morts qu'ils partageaient en quartiers.

Si quelques cœurs sensibles, comme il en existait encore, manifestaient, au-delà de ce qui était acceptable pour les intérêts en jeu, de la répugnance à respecter les ordres, ils ne tardaient pas à se rendre à une argumentation persuasive. Le commandant de la IIIe Armée avait exprimé sans fioritures les décisions à prendre : « Les Musulmans qui osent accueillir chez eux les Arméniens doivent être pendus devant leur maison qui sera incendiée. » Et s'il arrivait par malchance que des étrangers se trouvent au mauvais endroit au mauvais moment et voient de leurs yeux incrédules ce qui ne les regardait pas, il n'était pas interdit de leur opposer des démentis catégoriques et de compter sur le fracas de la guerre, sur le chaos général, sur les intérêts bien compris des nations, pour faire oublier leurs fâcheux témoignages.

C'est ainsi que, lorsque le 28 avril le baron von Wangenheim, ambassadeur d'Allemagne, reçut une demande pressante d'instructions devant les vils agissements auxquels son consul d'Erzeroum von Scheubner-Richter assistait, l'incendie des demeures arméniennes et l'assassinat de notables en pleine rue, il hésita peu, en diplomate aguerri, sur la conduite à tenir : il était certes préférable d'empêcher la populace de se livrer à des excès « tels que massacres et pillages », « cela étant, il faudrait éviter de donner l'impression que nous exerçons un droit de protection sur les Arméniens et que nous voulons nous immiscer dans les affaires des autorités ». D'Adana, d'Alexandrette, d'Alep, le baron recevait rapport sur rapport, tous allant dans le même sens, tous dégoulinant de matière sanglante.

Les consuls, qui au plus près des événements voyaient les assassins agir sous leurs yeux, montraient une compassion, une pitié, un écœurement qui n'étaient plus de mise à un échelon plus élevé. « Il est manifeste qu'en agissant de cette façon barbare le gouvernement porte préjudice aux intérêts du pays » (Büge, consul à Adana, 18 mai 1915). « Il y a eu suffisamment de malheurs et il serait temps d'y mettre fin » (Rössler, consul à Alep, 26 mai 1915). « J'ai fait part à l'administration locale de la profonde horreur que m'inspirent tous ces crimes » (Holstein, consul à Mossoul, 10 juin 1915). Au-delà des réactions épidermiques de ses subordonnés, qu'il pouvait comprendre, le baron n'oubliait pas que c'était la guerre, que la Turquie était une puissance alliée, que Djemal Pacha portait la Croix de fer accrochée à sa tunique, qu'Enver Pacha avait été attaché militaire à Berlin, qu'il taillait ses moustaches en crocs comme l'empereur Guillaume, et il n'oubliait pas non plus que le Kaiser lui-même s'était déguisé en Turc au cours d'un voyage mémorable, il ne perdait pas de vue l'intérêt stratégique du chemin de fer de Bagdad, ni les débouchés immenses que recelait la région pour les usines Krupp. C'est pourquoi il incitait ses consuls, au-dessous de lui, et le ministère, au-dessus, à la prudence. « Bien entendu, expliquait-il, ces mesures que veulent prendre les Turcs vont encore provoquer bien des remous dans tout le camp de nos ennemis et seront utilisées contre nous. Il est certain qu'elles sont extrêmement dures pour la population arménienne. Néanmoins, j'estime que, si nous pouvons les adoucir dans leur forme, nous ne devons pas nous y opposer dans leur principe. »

XIII

Mais au-delà des détroits, des mers et des océans, la nouvelle se propageait inexorablement. Le plus grand journal de la plus grande métropole du plus grand pays en faisait ses gros titres : « Tragique conséquence de la guerre en Orient : massacre en masse des Arméniens dans les villages de l'est de l'Asie Mineure par les Turcs et les Kurdes ». Le *New York Times* affirmait que le carnage dépassait en imagination tout ce qu'avait commis en son règne détestable le Sultan Rouge Abdul Hamid au profil ingrat. Il ne subsistait malheureusement « aucune place pour le doute ». « Un correspondant du *Times*, récemment rentré de Salonique, annonce que tous les rapports provenant de Turquie concordent quant au terrible caractère des atrocités turques contre les Arméniens. On pense qu'il s'agit d'une volonté officielle de mener une campagne d'extermination qui prévoit le meurtre de huit cent mille à un million de personnes. » L'article parut le 16 septembre

1915. Cela était affligeant et commençait à faire du bruit dans les chancelleries, du scandale dans les parlements, à embarrasser les gouvernements. Si les parlements s'accommodent des scandales, du bruit et des polémiques, il est constant par ailleurs que les gouvernements n'aiment pas les embarras ni les chancelleries le bruit. Le baron von Wangenheim savait à quoi s'en tenir. Il ne manquait pas d'informations, il était aux premières loges. « Il est évident, notait-il, que l'expulsion des Arméniens n'est pas motivée par le seul intérêt militaire. Le ministre de l'Intérieur, Talaat Bey, a récemment déclaré sans détour au docteur Mordtmann, actuellement en poste à l'ambassade impériale, que la Sublime Porte voulait profiter de la guerre mondiale pour en finir radicalement avec ses ennemis intérieurs sans être gênée par l'intervention diplomatique de l'étranger. » Les attachés militaires eux-mêmes, pourtant durs à cuire et accoutumés au sang versé, aux tripes à l'air, aux fusillades aléatoires, aux soupirs et aux gémissements, n'avaient rien vu de semblable dans toutes les campagnes qu'ils avaient menées jusque-là. Pour peu qu'ils aient gardé le sens de l'honneur, ils avaient peine à cacher leur répulsion.

Ce à quoi assista le lieutenant-colonel Stange, de la Mission militaire allemande, ce qu'il eut à connaître dans la région d'Erzeroum, de Trébizonde, d'Erzindjan, de Mamahatoun, lui retournait l'estomac, lui donnait la chair de poule, pour tout dire, le révulsait. « Après tout ce qui s'est passé, s'insurgeait-il, on peut considérer comme certain que la déportation et l'extermination des Arméniens ont été décidées et organisées par le Comité Jeune-Turc de Constantinople, et exécutées avec l'aide de militaires et de bandes de volontaires. » Talaat Pacha, en effet, tenait l'Intérieur d'une main de fer. Les diplomates chevronnés n'avaient ni la fibre ni l'étoffe pour en remontrer à de tels personnages. Les diplomates ne savaient comment aborder les maîtres du Comité Union et Progrès, qui n'avaient pas été formés comme eux à bonne école et au grand style, mais s'étaient acquis la réputation exécrable de parvenus. On les disait mal éduqués. Leur présence, à moments perdus, au Yachting Club de Prinkipo, au Club de Constantinople ou au Cercle d'Orient, ne finissait pas de heurter le goût précieux de l'aristocratie ancienne. Autrefois, chuchotait-on, ces gens-là auraient à peine eu l'autorisation de pénétrer dans le vestibule pour échanger trois mots avec le portier et voilà que, devenus riches et puissants de la sorte, ils se comportaient en seigneurs avides et brutaux. Ils avaient le verbe haut, grossier, menaçant et sans réplique. Ils avaient la franchise du boucher. Malgré son titre modeste, mais peut-être parce qu'il était ressortissant d'un pays ami dont la Turquie dépendait grandement, le pasteur allemand qui enquêtait pour le compte de la *Deutsche Orient-Mission* parvint à rencontrer le généralissime Enver Pacha, chef encensé et craint de l'état-major et de tout ce qui portait uniforme sur la vaste étendue de l'Empire. Le pasteur n'avait pas froid aux yeux, sa foi humanitaire le portait aux gestes courageux. « "Pour en venir à notre sujet, commençai-je, je me demande si vous savez et si vous approuvez ce qui se passe à l'intérieur." Il savait ce que je voulais dire et répondit : "Je prends sur moi toute la responsabilité." » (Cette conversation fut publiée dans la revue *Der Orient* du vivant d'Enver, alors qu'il se trouvait à Berlin.)

XIV

Il n'était pas un visiteur, à vrai dire, pas un étranger de passage qui ignorât, dans leur généralité, les événements. Celui qui venait de si loin et était arrivé dans les luxueuses voitures de cuivre et d'acajou de l'Orient-Express (bien que la ligne eût cessé de fonctionner au-delà de la Bulgarie), celui qui avait voyagé avec des Prussiens joueurs de bridge et une danseuse de music-hall viennoise attirée par les cafés-concerts de Péra, celui qui regardait monter vers la frontière, en sens inverse, les convois militaires bourrés de fusils et d'explosifs, bondés de soldats à bandes molletières, celui qui était journaliste et profitait de sa situation de neutre, celui-là, comme tous les autres, le savait. Son patron du *Metropolitan Magazine* lui avait suggéré d'aller observer la guerre en Europe pour cinq cents dollars par mois. Une proposition pareille ne se refuse pas lorsqu'on vit de sa plume. Il avait gagné Naples par Gibraltar, rejoint Salonique, Lvov et Bucarest, espérant se rendre en des lieux écartés où s'affrontaient les troupes. « Le Caucase ressemble un peu au Mexique, paraît-il, et je suis certain que ses habitants vont me plaire. » Il connaissait le Mexique et Pancho Villa mais n'avait que de vagues notions de la géographie. « Personne n'y est jamais allé. Ce sera un récit de combat dans le désert sans équivalent au monde. » Il rêvait. « Franchir à cheval les cols par où Gengis Khan a envahi l'Europe, ce sera magnifique. » Dans cette expectative, John Reed, natif de Portland, Oregon, sur le Pacifique, citoyen de New York, sur l'Atlantique, flânait donc à Constantinople et humait l'air moite du Bosphore et de la Corne d'Or. L'envoyé du *Metropolitan* en panne de sensations fortes se contentait d'embrasser du regard les hauteurs misérables de Has-Keuï, la rive de Stamboul, les maisons de bois à encorbellements, bleu, saumon, vert, jaune, et les toits désordonnés, les minarets blancs et les coupoles scintillantes des mosquées, Sainte-Sophie, la mosquée de Süleyman le Magnifique, les ponts, les quais, le port et les navires à l'ancre, immobilisés par la guerre, le croiseur *Hamidieh*, fleuron de la marine de Djemal Pacha, pointant vers l'ennemi invisible ses deux canons de 15 et ses huit pièces de 12. « Constantinople semble plus calme et plus sûre que jamais », songeait-il.

John Reed n'avait à découvrir que des prostituées exhibant leurs charmes, des fils de famille échappant à la conscription et des marchands de tapis fabriqués dans le New Jersey. Il patientait, goûtait aux loukoums fondants, au café d'Aden, fumait des cigarettes douces au tabac de Samsoun, arpentait le Grand Bazar aux cinq mille échoppes, reniflait les odeurs de camphre, de santal et l'opium d'Anatolie. « Enver Pacha m'a d'abord promis que je pourrais aller sur le front de Gallipoli, mais après deux semaines d'attente, il a dit qu'aucun Américain ne serait plus autorisé à accompagner l'armée. » Pour tuer le temps, il fréquentait les endroits où se produisaient des danseuses légères et des orchestres de ragtime. Des consommateurs langoureux, assis sur des chaises cannées, autour de tables à plateau de marbre, sirotaient en mélange vermouth de Turin et gin de Francfort. Les jours succédaient aux jours et les heures aux heures. Ce n'était pas de bonne politique que de laisser dans l'inaction, l'ennui et l'incertitude des hommes de cette nature. Il remarquait les files d'attente devant les boulangeries vides, les mines exaspérées des gens simples. Son cicérone lui traduisait les interjections rauques entendues dans les bas quartiers : « On se fiche des victoires ! Donnez-nous du pain ! » L'Américain ne voyait rien du front mais il courait la ville, et la ville livrait ses secrets. « Dans des caves et des greniers insoupçonnés, j'ai rencontré des Arméniens qui se cachaient depuis cinq mois ou plus pour échapper à la *déportation* — qui signifie la mort certaine dans les déserts de l'Asie Mineure. »

Sur les feuillets quadrillés d'un petit carnet noir, d'une écriture fine et appliquée, Talaat Pacha, le ministre de l'Intérieur, tenait ses comptes avec la précision d'un fonctionnaire occidental. Le passif et l'actif, en colonnes bien alignées. Les déportés, les orphelins, les propriétés vacantes. Vilayet d'Angora : 47 224 déportés, vilayet d'Erzeroum : 128 657, vilayet de Sivas : 141 592, sandjak de Césarée : 47 617. Il parvenait à un total de 924 158 déportés en se trompant dans l'addition, car il était peu doué en arithmétique, et refermait son carnet, marquant la page du signet. Le ministre ne perdait pas de vue les gains qu'il pouvait tirer des meurtres qu'il organisait. Il était au fait, par l'interception du courrier diplomatique, des transactions financières, des envois d'argent, des aides que d'Amérique des parents, des sociétés, des philanthropes tentaient de faire parvenir aux Arméniens. « Pourquoi ne nous donnez-vous pas cet argent ? demandait-il à l'ambassadeur Morgenthau. Nous en avons autant besoin qu'eux. » Quel dommage, ces fonds perdus ! Talaat Pacha ne connaissait pas tout du capitalisme et de ses arcanes, mais croyait en savoir assez pour récupérer la mise. Les Arméniens avaient, en leurs années de prospérité, souscrit des polices d'assurance vie auprès d'adroites compagnies américaines venues prospecter en Orient, la *New York Life Insurance Company* et l'*Equitable Life of New York*. De la lecture des câblogrammes qui ne lui étaient pas destinés et des chiffres qu'il avait notés dans son carnet, Talaat tirait les conclusions logiques. « Ils sont presque tous morts, maintenant, sans laisser d'héritiers. Leur argent revient par conséquent au gouvernement, c'est lui qui doit en bénéficier. » N'était-il pas légitime que l'État, dont il était le serviteur, s'institue légataire universel ? Car, après tout, les disparus étaient citoyens ottomans.

[illegible] des chiffres qu'il avait [illegible] [illegible] constatations [illegible] ils sont précis, [illegible] tous [illegible] [illegible] conséquence [illegible], c'est [illegible] qui [illegible] n'était pas [illegible] [illegible] après tout, [illegible]

XV

Le climat de Constantinople étant pénible à son cœur et à ses artères, l'ambassadeur d'Allemagne von Wangenheim fut remplacé à son poste par le prince von Hohenlohe-Langenburg au caractère mieux trempé. Trop peut-être, selon le jugement de ses pairs. Ses biographes sauront s'il agissait dans le respect d'honorables traditions attachées à son rang ou s'il était tout simplement doté d'une conscience, mais instruit, comme son prédécesseur, des événements hideux qui désolaient tous les points de l'Asie Mineure, le prince transmit, en août 1915, une note sans indulgence à la Sublime Porte. « L'Ambassade d'Allemagne, par ordre de son Gouvernement, est obligée de protester encore une fois contre ces actes d'horreur et de décliner toute responsabilité quant aux conséquences qui pourraient en résulter. » Il n'est pas assurément établi si le prince était intervenu sur ordre du gouvernement impérial ou de sa propre initiative (il semble que le sous-secrétaire d'État aux

Affaires étrangères, son supérieur, lui fit grief de cette ingérence). Quoi qu'il en soit, les hommes du Comité Union et Progrès tenaient pour négligeables les remontrances des barons, des princes et des pasteurs allemands. Ils avaient moins de considération encore, si c'était possible, pour l'opinion des Latins ou des Anglo-Saxons. À Kharpout, loin de tout, privé d'aide, surveillé dans sa correspondance, le consul américain Leslie Ammerton Davis en avait l'obscure appréhension. Ce qu'il observait, depuis des semaines et des semaines (il écrivait en juillet), ce qu'il savait, ce qui lui revenait le laissait démuni et sans espérance : « Ce n'est pas un secret que le plan prévu consistait à détruire la race arménienne en tant que race, mais les méthodes employées ont été appliquées avec plus de sang-froid et de façon plus barbare, sinon plus efficace, que je ne l'avais tout d'abord supposé… Je ne crois pas, ajoutait le digne représentant de la Bannière étoilée, qu'il y ait jamais eu dans l'histoire du monde un massacre aussi général et aussi radical que celui qui est perpétré en ce moment dans cette région, ni qu'un plan plus affreux et plus diabolique ait jamais été conçu par l'esprit de l'homme. » Cela se passait dans une situation de guerre, à l'écart de toute route fréquentée, dans des montagnes arides, au bord de lacs perdus, le long des voies ferrées infinies du chemin de fer de Bagdad posées sur la rocaille brûlante, dans des paysages inaccessibles au regard.

Par mesure de sûreté, Djemal Pacha, commandant en chef de l'armée en ces territoires, interdit toute photographie, toute image volée à la réalité éphémère. Les contrevenants imprudents et téméraires qui, sous quarante-huit heures, ne lui auraient pas remis les clichés prohibés devraient subir les rigueurs de la justice militaire ottomane. (Plus tard, Djemal Pacha affirmera : « J'ignore tout des motifs de la déportation des populations arméniennes décidée par mes collègues du gouvernement, qui ne m'ont pas consulté à ce sujet. ») Les odieux événements arrivaient néanmoins aux oreilles les plus étrangères et tombaient sous les yeux les plus éloignés, car il est inéluctable, en tout lieu et en tout temps, que le secret le mieux gardé trouve un jour à s'exposer. Vers la fin du mois d'août 1915, le *Messaggero* de Rome publia une interview du *Commendatore* Gorrini, ancien consul du royaume d'Italie à Trébizonde, sur ce qu'il avait vu et dont il pouvait parler. « C'était une véritable extermination, se lamentait le consul, un Massacre des Innocents, des choses inimaginables, une page noire marquée par la violation flagrante des droits les plus sacrés de l'humanité. » Les Jeunes-Turcs auraient dû savoir combien les Latins, et les Italiens en particulier, sont sensibles et impressionnables. Ce dont le diplomate avait été spectateur lui avait fait perdre jusqu'au sommeil : « Je fus en proie à des troubles nerveux et à des nausées, tant était terrible le tourment de devoir assister à l'exécution en masse de ces créatures innocentes et sans défense. » Les Grecs, à la cuirasse épaisse tant ils étaient habitués aux exactions des guerres balkaniques, n'en menaient pas large non plus. Le vice-consul hellène à Konya, tétanisé, dépeignait à son ambassade l'émoi produit sur ses coreligionnaires par la vue des caravanes de fantômes décharnés et hagards : « Les Grecs, ici, regardent ce qui arrive frappés de terreur, emplis du pressentiment que le même sort les attend également » (il concevait sans peine ce que le lendemain pouvait leur réserver). Le 9 octobre 1915 à Paris, le magazine *L'Illustration*, fort apprécié dans les familles, donnait à la page 386 de son numéro 3788 une notice de vingt lignes intitulée « L'extermination des Arméniens », accompagnée de photographies de réfugiés en loques. Peu de jours auparavant, le 6 octobre, le vicomte James Bryce s'était adressé à la Chambre des lords de Londres, afin de dénoncer, comme seuls savent le faire les Écossais, le crime effarant. « Les récits des massacres, disait-il, me sont parvenus de différents côtés, mais ils s'accordent tous sur des points essentiels, et en réalité ils se confirment les uns les autres… C'est ainsi que, paraît-il, les trois quarts ou les quatre cinquièmes de toute la nation arménienne ont été anéantis ; et il n'y a pas de page dans l'Histoire, certainement pas depuis l'époque de Tamerlan, qui raconte un massacre aussi épouvantable et sur une aussi grande échelle. » Aux antipodes, même, loin sur le continent prodigieux et nu approché par Willem Janszoon, Dirck Hartog et William Dampier le pirate, les fidèles du *Courier* de Brisbane, du *Register* d'Adélaïde, des feuilles de Victoria, et jusqu'au *Mercury* de la Tasmanie glacée, percevaient le long murmure des sanglots d'Anatolie. « Scènes de boucherie », « Les Arméniens saignés », « Menés au désert pour mourir », « Plus d'un million de victimes »... Le monde entier savait et se figeait d'effroi.

XVI

Les Jeunes-Turcs se trouvaient fort isolés, et courroucés de cette situation. Ce n'était pas faute, pourtant, d'avoir été généreux, d'avoir dépensé sans compter à la limite de la bonté et de la munificence, d'avoir fait bénéficier de leurs libéralités gazettes et journaux, directeurs et rédacteurs, à droite et à gauche, ici et là-bas. Six cent mille francs au *Petit Parisien*, deux cent cinquante mille francs au *Gaulois*, et des dizaines de milliers encore à *La Libre Parole*, et à *L'Aurore*, et à *L'Action*, et à *L'Excelsior*, et à *L'Intransigeant*, pour ne parler que de la France. Les Jeunes-Turcs avaient dans leur poche Léon Rénier, ancien chef de publicité, qu'ils payaient cinq cent mille francs-or. Ils conservaient quelques amis sûrs parmi la gent littéraire et militaire. L'attaché naval allemand Humann, qui s'enorgueillissait d'avoir passé la plus belle part de sa vie en Turquie et par conséquent d'en bien connaître l'âme, adhérait aux principes gouvernant justement, à son avis, la marche des sociétés : « La nation la plus faible doit succomber », répétait-il, ajoutant : « Enver Pacha ne saurait faire de mal à une mouche. » Enver Pacha n'avait rien contre les mouches. Les Jeunes-Turcs étaient de braves gens. Des membres éminents de grandes nations en convenaient. Pierre Loti, écrivain français qui parcourait le monde sur des navires de guerre, prenait des notes partout où il passait et se la coulait douce dans les ports, avait une longue expérience. Il avait assisté, en seconde ligne, au sac de Pékin par les Occidentaux lors de la révolte des Boxers. Pierre Loti aimait la marine pour l'exotisme et raffolait des déguisements. Le *Formidable* l'avait promené jusqu'à Alger, le *Redoutable* l'avait conduit en Chine, le *Vautour* sur le Bosphore. Il se faisait photographier successivement en mandarin, en pharaon, en Turc ou nu avec une feuille de vigne, et aurait pu passer pour un illuminé s'il n'avait été élu à l'Académie française, au fauteuil numéro 13. Or un académicien était nécessairement au-dessus de toute critique.

L'écrivain aimait de la Turquie ce qui lui paraissait vraiment turc. Il appréciait les *börek*, les doigts de vizir et le poulet tcherkesse du Summer Palace, portait le fez, fumait le narguilé que lui préparait son valet Hassan. Pierre Loti chérissait le sultan Abdul Hamid qui l'avait autrefois invité à sa table « dans un luxe étourdissant ». De ses mains augustes il avait reçu la médaille sertie de clairs diamants de commandeur de l'ordre impérial de Medjidieh et s'en trouvait émoustillé. Il avait goûté aux mets exquis, aux liqueurs suaves, aux pâtisseries excellentes, aux vins couleur de pourpre, aux sorbets à la neige, servis dans de la vaisselle d'or et des coupes de cristal par des nuées de domestiques en robes rouges brodées de fil précieux, en livrées chamarrées orange et vert, tous aussi beaux que des soleils et que des lunes. Il avait respiré les pommes de senteur, les parfums de nadd et de benjoin, écouté, sur des coussins de soie bleue, le luth de bois d'aloès et les voix ondoyantes dont le timbre l'enchantait. Loti s'abîmait dans la tendre évocation de ces moments délectables. Et s'il était vrai qu'à Yildiz on sentait planer la mort, s'il était exact que le vulgaire ne prononçait le nom du Sultan qu'en tremblant, il se trouvait aussi de frêles jeunes filles pour l'appeler Dudul. L'académicien savait de la Turquie tout ce qu'il fallait savoir : le Vieux Sérail, l'odeur des cyprès, l'ombre des platanes, les fenêtres grillées derrière lesquelles les femmes étaient recluses, le tintamarre des fanfares militaires et la grande prière du vendredi. « On a perdu, là-bas comme chez nous, le sens de la beauté et le respect des choses que vénéraient nos aïeux », maugréait-il. Bien des nouveautés l'horrifiaient depuis la révolution, à commencer par les femmes émancipées, celles qui se montraient en société, bavardaient en public, lisaient des journaux, écrivaient, se faisaient infirmières ou professeurs, voire entraient dans l'administration des téléphones. Heureusement, constatait-il, il en restait encore « qui ont eu assez de bon sens et de goût pour ne pas quitter le voile », de même qu'il subsistait, y compris parmi les nouveaux venus au pouvoir, ce qu'il appelait « des musulmans de race ». C'est pourquoi, à défaut du Sultan évincé, il soutenait les Jeunes-Turcs du Comité Union et Progrès (bien qu'il n'aimât que mollement le progrès).

Pierre Loti mit donc sa plume pointue dans la plaie, la tourna et la retourna. La Turquie est mal connue, soulignait-il, et les Turcs sont calomniés, insultés à jet continu. « J'ai dit toute ma vie qu'ils composaient l'élément le plus sain, le plus honnête de tout l'Orient, et le plus tolérant aussi. » C'est pourquoi il avait intitulé sa brochure *Les Massacres d'Arménie*, afin de faire justice de ces accusations. Car l'Europe glosait encore, glosait toujours, glosait sans cesse sur ce détestable sujet, comme si elle n'avait d'autres chats à fouetter. Pauvres Turcs ! déplorait l'académicien, « n'importe ce qu'ils feront en Europe, c'est toujours à eux que l'on donnera tort... La coalition inavouée de tous les peuples dits chrétiens ne désarmera jamais. Et ils savent aussi que ces malheureux Arméniens ne cesseront pas, même aux heures les plus tranquilles, d'être contre eux de funestes et hypocrites délateurs ». Que les Arméniens malchanceux aient été victimes de massacres, Pierre Loti n'en disconvenait pas. Comment aurait-il pu d'ailleurs, alors que le sang n'avait pas encore séché, que les os n'avaient pas encore blanchi au soleil de bronze ? Ce n'était pas une raison, toutefois, pour laisser choir ses amis. Qui donc, demandait-il, osera jeter aux assassins la première pierre ? Les Français ne s'étaient-ils pas rendus coupables de la Saint-Barthélemy, des dragonnades, de la Terreur et de la Commune de Paris ? Les Espagnols de l'Inquisition, de la misérable expulsion des Juifs pour qui seul l'Empire ottoman sut se montrer accueillant ? Et que dire de l'immonde Kaiser aux « tentacules altérés de sang » (car Loti, dans ses visions, imaginait le Kaiser doté de tentacules, telle la pieuvre monstrueuse du *Nautilus*) ! Le massacre, continuait-il, est pour les siècles des siècles tapi au fond de l'âme humaine, il appartient à tous les peuples, mais il n'y avait qu'aux Turcs que l'on ne pardonnait rien, les femmes percées du pal, les enfants jetés aux chiens, les squelettes en bordure des chemins. « Hélas oui, les Turcs ont massacré ! Je prétends toutefois que le récit de leurs tueries a toujours été follement exagéré et les détails enlaidis à plaisir. Je prétends aussi — et personne là-bas n'osera me contredire — que la beaucoup plus lourde part des crimes commis revient aux Kurdes dont je n'ai jamais pris la défense. » À le suivre, les Turcs, qui n'étaient en rien responsables, avaient, pour ce qu'ils n'avaient pas commis, des circonstances atténuantes. Car il fallait admettre, le monde devait savoir, et la France, l'Italie, l'Espagne et tous les peuples de la Terre, que les Arméniens dont l'écrivain avait pitié et miséricorde, qu'il plaignait sincèrement pour l'excès de malheurs qui les frappait, ces Arméniens n'étaient pas sympathiques.

Il y avait à ce point du raisonnement tortueux de Pierre Loti, dans la brochure jaune parue à Paris, un vide. Le vide béant de la censure. En pages 27 et 28, les ciseaux gouvernementaux avaient tailladé la pensée de l'académicien. C'était la guerre et ce qu'il écrivait ne pouvait être imprimé sans porter atteinte au moral des combattants, ceux des tranchées, ceux des Dardanelles, ceux du Levant. Une édition postérieure, dans l'insouciance retrouvée, rétablit le passage manquant. Les Arméniens, donc, étaient antipathiques. Loti n'avait rencontré chez eux que perfidie et escobarderie. « J'oserai presque dire que les Arméniens sont en Turquie comme des vers rongeurs dans un fruit, drainant à eux tout l'or, par n'importe quel moyen, par l'usure surtout, comme naguère les Juifs en Russie. » Pierre Loti, qui se déguisait volontiers en puissant cheik du djebel, couteau à la ceinture et sabre courbe posé sur les genoux, ressemblait comme un frère au Vieux de la Montagne. Sa brochure lui valut le surnom d'Ami des massacreurs. Mais celui qui se grimait en

Osiris, dieu-roi de l'ancienne Égypte, en grand mandarin de Chine dans la Cité interdite, en émir de Transjordanie et en guerrier turc des montagnes, l'immortel qui occupait avec superbe à l'Académie française le fauteuil numéro 13, s'en fichait comme de l'an 1915.

XVII

Lorsque l'ambassadeur Morgenthau quitta pour toujours la Turquie, il approcha une dernière fois le ministre de l'Intérieur. Talaat Pacha était alors d'humeur joyeuse et affable. « Nous espérons que vous reviendrez bientôt... Nous avons appris à vous aimer en dépit de nos différends parfois assez aigus... » Pourquoi donc fallait-il que l'ambassadeur américain, sur le départ, manquât à la bienséance, qu'il abordât une fois encore le sujet dur à l'oreille du Pacha, qu'il l'importunât de questions oiseuses ? « Et les Arméniens ? » Le visage de Talaat se crispa, ses yeux devinrent méchants : « À quoi bon reparler d'eux, dit-il avec un geste de la main, nous les avons liquidés, c'est fini. » Il en restait encore quelques-uns, à la mi-janvier 1916, dans les camps, les orphelinats des missions de Syrie et dans les déserts de Deir ez-Zor, mais Talaat n'était pas loin de la vérité. « Je ne les ai pas comptés, mais ils ont tout tué, quoi ! » remarquait un Français maigre et taciturne de Jérusalem que Djemal Pacha avait relégué vers Ourfa.

Un fonctionnaire allemand de passage s'avisa que la piste de Meskené était jonchée de pièces de vêtements déchiquetés, de restes de tissus épars, de fragments d'étoffe, comme si une multitude s'était dissoute ici, était entrée sous terre. Le lieutenant Bünte, ingénieur, vit quantité de crânes et d'ossements sur la rive gauche de la rivière Khabour qu'il remontait depuis l'Euphrate. Bonnes sœurs, ecclésiastiques, médecins et infirmières, agents diplomatiques et militaires, s'entendaient à penser que le nombre des tués dépassait le million, glissait vers le million et demi. Les plus éprouvés des ambassadeurs, pris soudain de désarroi, enregistraient que ni leurs admonestations, ni les conseils des pays amis, ni les menaces des puissances ennemies, ni les prières du nonce apostolique, ni l'opprobre de l'opinion publique, ne pouvaient détourner les Jeunes-Turcs de l'exécution de leur programme démoniaque.

Ils s'observaient en chiens de faïence, cependant, ceux qui présidaient à la dérive macabre de l'Empire, attendant le faux pas de l'un pour le pousser à la trappe, guettant la faute de l'autre pour s'emparer de ses prérogatives. C'est ainsi que, couronnement d'une carrière, Talaat Pacha accéda au poste envié de Grand Vizir. Enver l'épiait du coin de l'œil et répugnait à quitter Constantinople de peur de se voir évincer. Alors qu'en Syrie il commandait l'armée du désert, Djemal Pacha, ministre de la Marine, ruminait de sombres pensées. Il tenait sous sa coupe des nuages de tribus inamicales, des poussières de peuples hostiles aux langues divergentes, des confettis de religions antagonistes, éparpillés sur des territoires plus amples que l'Anatolie entre la lisière de l'Amanus et les villes saintes d'Arabie. Et tous, comme chacun, le considéraient d'un sale œil, n'attendaient que l'occasion propice pour lui planter dans le dos un poignard courbe. Djemal, avec raison, se méfiait. Raide comme la justice militaire, sur un cheval blanc, coiffé du casque de toile réglementaire, il inspectait ses troupes devant une ligne de pins parasols. Il ratissait Damas et les contrées avoisinantes pour étouffer les complots, juguler l'émeute, traquer la sédition dès qu'elle bougeait un cil. Ses agents lui rapportaient les feuilles volantes, les pamphlets furibonds qui tombaient sous les yeux des plus lettrés. « Sachez qu'un comité de *fedaî* s'est constitué dont le programme est de tuer ceux qui tuent les Arabes. » Djemal, sans répit, accrochait à des trépieds de bois, pancarte au cou, des Druzes, des Maronites, des Nestoriens, des Ansariés, des Ismaéliens, tous ceux qui lui tombaient sous la main. Et aussi des Arabes. Les membres connus des associations secrètes, d'*El Aha-ul-Arabi*, d'*Ella Merkézyé*, de la *Djemiet-u-Thevriyet-ul-Arabyé*, de la Société du Serment, les fils de

Kahtan, la tête oblique, revêtus de la longue tunique blanche des condamnés, oscillaient au vent léger sous le regard furtif des passants effarés. Ils se balançaient sans vie, à Beyrouth, à Damas, à Jaffa, à Baalbek : Abdul Kerim el-Halil, Chefik Bey el-Mueyed l'ancien député au Parlement ottoman, Ruchdi Chamaa celui qui parlait dans les théâtres et Selim Bey Djezairi celui qui composait des chansons. Djemal tirait sur son cigare en riant. Djemal était équitable. Il ne pendait pas que les Arméniens. Il pendait en quantité et sans distinction. C'était une manie qu'il avait contractée à Adana, en 1909, lorsque le Comité Union et Progrès l'avait envoyé, en suite des grands massacres, mettre un peu d'ordre dans les affaires. Le moyen le plus simple, le moins coûteux pour instiller de l'ordre là où il en manquait, le meilleur mode d'administration tout bien pesé, pensait Djemal, était de pendre les gens.

Cela désolait les Allemands, ses conseillers militaires. Ce n'était pas bon pour la guerre. Ils s'en plaignaient amèrement. « Les mesures de rigueur exagérées prises par Djemal Pacha ont détourné les Arabes de la cause turque », ronchonnaient-ils. Mais ces exécutions sommaires, il faut bien l'avouer, réjouissaient les Anglais, les cabinets du Caire, les espions de Djeddah, et l'homme habillé en Bédouin qui allait à dos de chameau et se faisait appeler El Ourens. « Djemal est un imbécile, un butor, ricanait celui-ci. Il agit sans les conseils des Allemands contre un ennemi qu'il méprise, ce qui pourrait à n'importe quel moment nous valoir un cadeau. » En effet, Djemal Pacha tirait à hue et à dia. Il ne savait que faire étant donné qu'être ministre de la Marine et gouverneur des régions chauves n'avait rien de commode. Djemal flattait à Damas le fils du chérif de La Mecque et l'accompagnait au cinéma, car il y avait à Damas, en ce temps-là, des cinémas. Il lui montrait des films optimistes où l'on voyait les Anglo-Australiens boutés hors d'Égypte et le croissant turc flotter haut sur les pyramides. « Pourquoi s'obstiner à importuner mon père et moi-même afin d'obtenir des recrues pour votre armée, si ce film dit la vérité ? » commentait le noble fils du désert qui n'était pas tombé de la dernière pluie. « Eh bien, vous savez, soupirait Djemal non sans philosophie, cela encourage les gens. Nous n'espérons pas conquérir l'Égypte, ni n'essayons encore de le faire. » Djemal n'espérait plus rien. Il se cramponnait seulement à la ligne du Hedjaz, le chemin de fer sacré, comme à une bouée de sauvetage.

Constatant cela et ayant tiré enseignement de ses observations, l'émir Fayçal, fils du chérif de La Mecque, attaqua Djeddah, sur la mer Rouge, pour chasser les Ottomans et son père proclama l'indépendance du Hedjaz. « Déjeunez des Turcs avant qu'ils ne dînent de nous », psalmodiaient les Arabes revanchards en tirant des coups de feu, tandis que dans son coin l'Anglais habillé en Bédouin se frottait les mains. « J'espère que le mouvement va se propager comme il promet de le faire », susurrait-il. L'officier Lawrence, attaché au Bureau arabe du Caire, décortiquait les cas de figure susceptibles de faire pencher la grande île d'Arabie du côté des Alliés et ce n'était pas une mince responsabilité. Telle était sa charge, tel était son métier. Lawrence parcourait à pied, l'œil ouvert, des distances incroyables, embrassait les paysages flamboyants, mangeait des dattes, des bourgeons d'épineux bouillis, buvait du café sucré sous la tente et se piquait d'archéologie. Il s'intéressait aux céramiques de Damas, vertes, bleues, violettes, aux bronzes hittites, aux tablettes cunéiformes et aux poteries peintes vieilles de trois millénaires dormant sous le sable rouge. Lawrence avait médité Xénophon, le guerrier ancien, compagnon de Cyrus le Généreux, roi entre les rois dont la sagesse en son époque enchanta le cœur des Arméniens, des Chaldéens et de myriades d'autres. Il avait lu Guillaume de Tyr, le Syrien pieux, la cruelle et édifiante *Histoire des faits et gestes dans les régions d'outre-mer* de Godefroy de Bouillon, de Bohémond, prince de Tarente, et de Raimond, comte de Toulouse. Il avait digéré Clausewitz, enfin, l'incomparable tacticien. Lawrence forgeait pour le *War Office* des plans fantastiques : débarquer à Alexandrette, armer les Arméniens miséreux, coupés par un mauvais sort de toute attache, entassés dans les gourbis crasseux ou réfugiés sur les hauteurs en hors-la-loi, se nourrissant d'olives mûres et de fromage sec. Dix mille fusils et deux compagnies de mitrailleuses, à son avis, auraient suffi à cette entreprise audacieuse. Ce n'était pas cher payer pour gagner une guerre. « Le Chérif à l'arrière et les Arméniens à l'avant », calculait-il, les Turcs se verraient pris comme des poissons dans une nasse.

Car il était vrai, certifié par des rapports, qu'autour d'Alep, de Homs, de Damas, de Jérusalem et jusque dans le Hauran surchauffé, se coagulaient les restes vivants ou moribonds des convois arméniens de déportation. Mais étaient-ce là les combattants dont avait besoin le capitaine Lawrence pour mener sa guerre ? Les Arméniens des montagnes et de la côte, ceux qui avaient résisté quarante jours au Moussa-Dagh, ne reçurent pas une arme. Par exception miraculeuse, les vaisseaux de ligne français sillonnant le golfe d'Alexandrette, le *Guichen*, le *Desaix*, la *Jeanne-d'Arc*, recueillirent les survivants en loques et les débarquèrent à Port-Saïd pour les confier à la Croix-Rouge. Ceux des camps de fortune, des caravansérails délabrés de Syrie, de Palestine et du Liban, végétaient, clignaient des yeux, se laissaient mourir, rongés par les vers, priant parfois la Providence ou ne pensant à rien. Ils se faisaient un trou dans des terrains vagues, au milieu d'excréments et d'immondices, couverts de mouches bourdonnantes et de parasites infects. Des chariots noirs ramassaient les cadavres du jour ou de la nuit. Quelques étrangers secourables proposaient du thé dans des seaux et du pain mal cuit à ceux qui pouvaient encore ingurgiter de la nourriture. Des femmes devenues folles et insensibles aux gestes de la vie jetaient en gémissant le pain qu'on leur tendait. Il était répété à ceux qui gardaient assez de raison que le destin, peut-être, épargnerait leur vie s'ils avaient le bon sens de se convertir. Car les assassins, gendarmes et fonctionnaires ottomans, tenaient en principe pour valable cette sorte de rédemption. « Qu'ils se fassent singes si cela peut permettre de les sauver ! » avait lâché Djemal Pacha dont l'indulgence irritait ses subordonnés. Entre le lever et le coucher du soleil, il fallait enterrer, dans des tranchées creusées à la hâte, les corps en putréfaction. Ce n'était pas bon pour la guerre des Turcs, pas bon pour l'armée du désert que commandait Djemal, l'armée glorieuse de Syrie qui protégeait l'Empire et le chemin de fer sacré du Hedjaz, car le typhus, avec les réfugiés, faisait son apparition et le typhus ne savait pas reconnaître la religion de ses victimes.

XVIII

À travers la mer Rouge aux fortes houles, Lawrence d'Arabie apportait des mitrailleuses Vickers, du cordeau Bickford, des automobiles blindées Rolls-Royce, de l'or en barre et des montres à distribuer. Par nécessité et par choix, il ne comptait plus que sur les Arabes pour accomplir la mission qu'il s'était fixée. Lawrence rassemblait autour de lui, autour de Fayçal, fils du chérif de La Mecque, les Bédouins de toutes les tribus, les Juheinahs, les Beni Salim, les Houdheils, les Rouallas, les Haoueitats zelebani, les Ageilats beni atiyah, et, ainsi accompagné, il remontait vers le nord sur son méhari. « Notre royaume est dans l'âme de chacun », expliquait-il à ses guerriers turbulents. « Nous pouvons être comme une vapeur insaisissable. » Lawrence prit Akaba. Le commandant Lawrence sabotait les voies du chemin de fer sacré, dynamitait les gares, les postes militaires, les ponts de pierre. Il plaçait son fulmicoton au contact des rails, sa gélignite par kilos entre les traverses d'acier, enterrait ses mines tulipes, dissimulait les fils sous le ballast. Les locomotives sautaient en l'air, les wagons hérissés de fusils se pliaient en accordéon. Lawrence frappait où on ne l'attendait pas. Les Turcs ne savaient où donner de la tête. Contrer la rébellion arabe était un exercice impossible, comme « manger de la soupe avec un couteau ». Et le général Allenby, chef des Anglais, des Néo-Zélandais, des Australiens et des Gurkhas, avançait dans le Sinaï et en Palestine. Allenby entra à Jérusalem. Allenby entra à Jéricho. Les Turcs refluaient. Ils se rendaient par petits groupes, par régiments, par divisions ou étaient tués. Alors Djemal crut qu'il était sage, utile et profitable de changer de camp.

« Je ne reviendrai pas à Constantinople avant d'avoir conquis l'Égypte », s'était vanté Djemal Pacha le jour de son départ, applaudi par la foule crédule. Il était temps d'oublier les vaines paroles, de tenir compte du réel et de songer à l'avenir. Djemal se souvenait brusquement qu'il n'avait jamais été germanophile, bien au contraire. La Croix de fer n'était épinglée sur sa poitrine que pour faire illusion. Il se rappelait soudain avec quelle chaleur, quel engouement, il avait visité les ateliers d'armement du Creusot et les navires élégants de la magnifique flotte française. Il avait en tête les commentaires élogieux à son égard de la presse hexagonale. « Djemal Pacha n'est pas un inconnu pour nos lecteurs. Ils ont appris ici son rôle — rôle d'un patriote et d'un chef — dans la campagne contre la Ligue balkanique… Nous avons rendu compte de ses faits et gestes avec la plus confiante sympathie. » Djemal souhaitait raviver ces sentiments passés, leur redonner des couleurs, et il avait en main la vie des Arméniens, la clé d'or de leurs maux et de leurs souffrances.

Comme au poker, Djemal Pacha jouait sa partie. Par quelques voies détournées, des passeurs de Bucarest et les élites moscovites, il prit langue avec les Alliés. Il protégerait, promit-il, les Arméniens égarés et transis jusqu'à la fin de la guerre et les nourrirait afin qu'ils ne tombent plus d'inanition, ni sous les balles, ni sous les tortures ignobles. Il marcherait sur Constantinople et fomenterait un coup d'État salvateur, jetant au Bosphore ses rivaux, le bel Enver à la moustache gominée et Talaat l'épaisse brute. Djemal estimait, non sans motifs sérieux, qu'il était et avait toujours été le sacrifié du triumvirat. Le triumvirat, à la longue, ne s'avérait pas une forme rationnelle de gouvernement. L'Histoire le confirmait. Mieux valait, à tout prendre, être César que Crassus et Pompée, Octave que Marc Antoine ou le pâle Lépide. Mieux valait être Napoléon en apothéose que les consuls à chapeaux emplumés dont il avait oublié le nom, s'il l'avait jamais su. Il n'entendait pas laisser le devant de la scène à Enver au prétexte que celui-ci avait collé un portrait de Bonaparte dans son bureau.

« La semaine dernière, mercredi, les journaux enregistraient, d'après *Le Messager d'Athènes,* la nouvelle que Djemal serait en rébellion contre le gouvernement de Constantinople et qu'il aurait, pour le combattre, soulevé les farouches Druzes. » Mensonges grossiers. « Il ajoutait que les Arabes soutenaient Djemal. » C'était peu probable au rythme où il les avait pendus. Djemal Pacha écrivait à Fayçal qui transmettait à Lawrence qui faisait suivre au Caire. « Pour lui, la révolte de La Mecque était une punition de Dieu. Il était prêt à faire n'importe quoi pour réparer un tel manquement à la foi. » Mais il lui fallait des garanties plus solides qu'une divine et aléatoire récompense. Djemal Pacha demandait aux Alliés, pour prix de son retournement, que lui fût octroyé, à l'issue du conflit et pour l'éternité, le titre de Sultan et l'intégralité des territoires sur lesquels il entendait régner : Syrie, Mésopotamie, Arabie, Arménie et Kurdistan… Sultan à la place d'Osman, sultan héréditaire, l'idée n'était pas mauvaise en somme, pour lui, pour son fils, le fils de son fils et son fils à lui. Sultan, passe encore, c'était dans les cordes des Puissances de les faire et les défaire. Mais sur ces vastes territoires c'était trop tard car ils avaient déjà fait l'objet d'un heureux partage entre la France et l'Angleterre. Les chambres de commerce, les diplomates et les généraux l'avaient ainsi décidé dans leurs conciliabules. À quoi bon la guerre, si ce n'était pour le chrome d'Antioche, le fer de Beit-Chebab, les phosphates du Jourdain, le manganèse du Djebel Missis, le plomb argentifère du Djebel Akra, le nickel de 72 % à la roche (alors que la proportion « dans nos gisements de Nouvelle-Calédonie ne dépasserait guère 45 % ») ? Et qu'avaient-ils à faire des Arméniens pouilleux et décharnés, sans feu ni futur ? Le plan de Djemal n'arrivait pas à son heure.

Le Pacha, désappointé, multipliait les concessions, les empilait les unes sur les autres comme des cubes instables. L'autonomie du Hedjaz, de la Syrie, de la Mésopotamie, le Royaume de La Mecque pour le chérif Hussein. Lorsque la pile fut assez haute, elle tomba. Les colonnes de chameaux du colonel Lawrence et de l'émir Fayçal, les autos blindées Rolls-Royce, montaient sur Azrak, Nizib, Deraa, Tell Arar. Djemal Pacha quitta Damas menacée pour Homs. Le drapeau aux quatre couleurs, noir, rouge, vert, blanc, de l'armée arabe du Hedjaz flottait sur les façades. En désordre les Turcs abandonnaient leurs positions, faisaient sauter leurs arsenaux, se hissaient sur le toit des wagons du dernier train en partance. Les unités, les formations se défaisaient, se délitaient, se désagrégeaient. Le 3e corps, la 24e division, le 146e régiment… Rendus hardis, les habitants tiraient sur les vaincus depuis les fenêtres et les encoignures de portes.

Enfin, au matin d'un jour, El Ourens et ses tribus pénétrèrent à Damas et s'installèrent à l'Hôtel Victoria. Les Bédouins au visage calciné paradaient sur leurs petits chevaux en poussant des cris, la crosse du fusil appuyée sur leur selle de cuir décoré. Hommes coiffés du keffieh ou du fez, soldats à casques coloniaux, derviches hurleurs, femmes dévoilées leur faisaient fête car ils étaient tous contents de ne plus être ottomans.

Djemal Pacha se retira sur Alep soulevant des volutes de poussière jaune. Puis il s'évanouit dans la nature pour reparaître à Constantinople sans une égratignure.

XIX

Les mois s'ajoutant aux mois et les désastres aux désastres, ceux qui, se trouvant dans l'Empire ottoman par fonction ou par coïncidence, avaient vu de leurs yeux et entendu de leurs oreilles, se dispersèrent sur la planète et retournèrent à la vie. Il n'y avait, sur les hauts plateaux ou dans les plaines, rien à enseigner ni personne à soigner, rien à négocier. Professeurs, infirmières, concessionnaires rentrèrent en Amérique, au Danemark, en Suisse, en Allemagne. Ils gagnaient par étapes, en phaéton ou à cheval, la ville sur le Bosphore. Des trains attendaient en gare de Sirkédji et des navires au port. « Si Dieu le veut, demain, à 7 h 44, nous partirons. Nous sommes tellement heureux. » Le Français d'Ourfa retourna gérer l'Hôtel de France à Jérusalem. Le consul américain de Kharpout rejoignit un poste en Finlande, le *Commendatore* Gorrini adopta une petite orpheline et l'ambassadeur Morgenthau partit enquêter sur le sort peu enviable des Juifs de Pologne. Le consul allemand d'Erzeroum von Scheubner-Richter revint à Munich afin de sauver sa patrie du mélange des races grâce à ce qu'il avait appris en Turquie (mais il n'eut pas le loisir de mettre en pratique ses théories et mourut prématurément, accroché au bras de l'agitateur Adolf Hitler, lors d'une tentative de putsch avortée dans l'après-guerre).

Car la guerre mondiale eut une fin. Et de toutes parts craquaient les empires. Le tsar de Russie ploya le genou devant les moujiks affamés. Lénine convoquait le monde pour une révolution. C'est le moment que choisit Abdul Hamid le sultan, oublié des vivants et reclus en un palais de marbre, pour se présenter devant le Rétributeur, l'Omnipotent, non pour jouir de la beauté des jardins de l'éternelle félicité, de leurs fontaines cristallines et mélodieuses, des houris et des odalisques promises à ceux qui suivent à la lettre les préceptes célestes, mais pour se consumer indéfiniment dans la géhenne car ses actes avaient été comptés et pesés. Dans le froid hivernal, il fut pris de pneumonie, toussa, et expira son âme noire de la noirceur des ailes d'un corbeau de proie. Et voilà pour lui !

L'une après l'autre, les couronnes roulèrent dans le ruisseau. Dans le port de Kiel, des marins hâves et fatigués hissèrent au faîte de leurs vaisseaux l'étendard de la rébellion, congédièrent leurs officiers ineptes, étendirent à Hambourg, à Lübeck, à Brême l'idée du bouleversement général. La Bavière, même, se découvrit une vocation démocratique et sociale. Le trône de Guillaume, le puissant Kaiser aux moustaches en crocs, s'écroula. L'Autriche-Hongrie partit en morceaux. Budapest entra en république. Les Slaves du sud se fédérèrent en Yougoslavie. L'Europe de Sissi avait cessé d'être. Au crépuscule du premier jour de novembre 1918, les chefs du gouvernement jeune-turc prirent la fuite. Talaat Pacha, Enver Pacha, Djemal Pacha à la barbe noire et aux yeux de braise, le docteur Nazim et le docteur Chakir, tous imprégnés de l'odeur pestilentielle des cadavres, grimpèrent à bord d'un navire allemand, d'un sous-marin affirmaient les plus romantiques, afin de gagner Odessa, sur la mer Noire. Puis ils s'égaillèrent en Europe. La Turquie du Comité Union et Progrès avait vécu. Constantinople abasourdie et résignée regardait les frégates, les destroyers, les croiseurs, les cuirassés alliés ancrés dans le Bosphore, le *Superb* des Britanniques, le *Leonardo da Vinci* des Italiens, la *Démocratie* des Français, et le *Diderot*, face au palais impérial. Dans les rues de Péra, des patrouilles mixtes de gendarmerie arpentaient le pavé. Les Turcs coiffés du fez allaient nonchalants en compagnie d'Italiens en bicorne et de Français en képi. C'était écrit. L'heure des comptes avait sonné. L'Empire ottoman se dota d'un nouveau gouvernement et le nouveau gouvernement institua une cour martiale pour juger l'ancien gouvernement, celui des fuyards qui avaient entraîné la Turquie si bas. Les pachas et leurs éminences grises furent jugés *in absentia* puisqu'ils avaient décampé, laissant derrière eux la ruine et le délabrement. « Le point essentiel qui ressort de l'enquête ouverte est que les crimes commis lors de la déportation des Arméniens en différents endroits et époques ne sont pas des faits isolés et locaux. Mais une force centrale organisée, composée des personnes susmentionnées, les a prémédités et fait exécuter, soit par des ordres secrets soit par des instructions verbales. » C'est ainsi que Talaat Pacha, ancien ministre de l'Intérieur et Grand Vizir, qu'Enver Pacha, ancien ministre de la Guerre et généralissime, que Djemal Pacha, ancien ministre de la Marine, le docteur Nazim, ancien ministre de l'Instruction publique, le docteur Behaeddine Chakir, membre du Comité dissous Union et Progrès et de l'Organisation spéciale, furent, pour leurs crimes et méfaits, condamnés à mort par contumace conformément aux articles 45 et 170 du code pénal ottoman, comme précisé dans l'article 181 du même code. La sentence resta, par force, lettre morte.

Or, comme ils étaient libres et en bonne santé, les compères s'installèrent à Berlin confortablement car ils géraient une grande fortune de biens et de trésors amassés en leurs ministères. Puis ils se séparèrent pour commencer une nouvelle vie, chacun pour soi et la Providence pour tous. Ils n'étaient écrasés ni de remords, ni d'affliction, ni de tout autre sentiment propre à les décourager, et ne renonçaient pas à ressusciter un jour d'entre les morts leur passé halluciné. Djemal prit les chemins escarpés et caillouteux de l'Afghanistan pour mettre ses compétences au service de l'émir Amanullah dont il devint conseiller militaire. Caracolant sur les contreforts himalayens, Djemal Pacha s'imaginait bientôt à la tête du Pendjab, le pays aux cinq fleuves que toucha la grâce d'Osiris dans l'antiquité des millénaires, que Sémiramis l'Assyrienne, reine de Babylone, et Alexandre le Grand, le Macédonien, convoitèrent en vain, le pays que ni les Scythes, ni les Perses, ni les Tartares, et pas même les Anglais, ne purent subjuguer en son âme profonde. Les territoires des Indes bouillonnaient depuis que les fusiliers du brigadier-général Reginald Dyer avaient tiré traîtreusement sur une foule démunie dans les jardins d'Amritsar, la cité trois fois sainte, depuis qu'Amanullah l'Afghan avait affronté les régiments britanniques à Khyber Pass, depuis que les frères Muhammad et Shawkat Ali avaient répandu la parole sacrée du khalifat parmi les Radjpoutes et les Djates.

Et pendant que Djemal rêvait des Indes, Enver caressait le songe d'un nouvel empire sorti du chaos caucasien. Par on ne sait quel cheminement, son destin croisa celui de Karl

Radek, un petit homme à pipe et à lunettes qui se morfondait dans une prison berlinoise en qualité de propagandiste du Komintern, l'Internationale des prolétaires proclamée par Lénine à Moscou. Ce Radek était un piètre politique, un second couteau du bolchevisme formé dans la social-démocratie de Pologne et Lituanie, un ami du tchékiste Félix Dzerjinski, un polyglotte utile chargé de suivre dans la clandestinité l'évolution incertaine du Parti communiste allemand. Mais, peu agile, il se fit prendre par la police. Dans sa cellule, il écrivait des pamphlets, suivait l'actualité et gardait le contact avec l'extérieur. « Je réussis en même temps, annonça-t-il sans expliquer davantage cette incongruité, à entrer en rapport avec Talaat Pacha et Enver Pacha, et les représentants de la politique orientale du monde politique allemand. » Radek était un radical qui ne voyait pas plus loin que le bout de son nez. Il ramassait à droite à gauche des idées insensées, croyant à chaque fois jouer un bon tour à l'impérialisme. Un diplomate britannique qu'il eut à côtoyer voyait en lui la stupéfiante synthèse chimique d'un professeur et d'un bandit. Toujours est-il qu'il se proposa de ramener Enver Pacha dans ses bagages en Union soviétique, afin de mettre cette carte dans son jeu. La chose ne put se faire immédiatement ni sans peine. Un officier supérieur de la Reichswehr devait embarquer le pacha sous une fausse identité dans l'avion

Junkers qui emmenait à Moscou quelques hommes d'affaires. « Moi, je prendrai l'avion en compagnie du docteur Nazim, écrivait Enver à Djemal, perdu quelque part en Orient. Ici nos amis bolcheviks acceptent de nous aider dans le cadre des idées débattues au cours de nos entretiens. » Mais lors d'une escale obligée du côté de la Lituanie, Enver Pacha fut soupçonné d'espionnage et mis à l'ombre pour quelque temps. À la seconde tentative, il fut arrêté à Riga. La troisième fois fut la bonne et Moscou, enfin, lui ouvrit les bras.

Les archives russes livreront probablement, à qui les questionnera, le détail de ses relations et de son activité. Ce qui est certain, c'est qu'une déclaration de lui fut lue à la tribune du Congrès des peuples d'Orient de Bakou, que présidaient Zinoviev et Radek, et auquel assistait l'Américain John Reed. Il y avait en foule, au théâtre de la ville, des Persans, des Kirghiz, des Koumyks, des Tadjiks, des Ouzbeks, des Kazakhs, des Lesghiens, des Tchétchènes, des Ingouches, des Géorgiens, des Turkmènes, des Turcs et des Arméniens, rouges en dedans comme les drapeaux qui flottaient au vent. Ils battaient des mains, posaient les pieds sur les fauteuils, poussaient des hourras, se levaient et criaient quand il le fallait : « Vive le camarade Zinoviev, notre chef et le chef du communisme mondial ! » « Vive le camarade Radek, l'un des chefs du prolétariat international ! » Ils pleuraient Chaoumian et Djaparidzé, tombés fraternellement dans la lutte et montrés en exemple. Or, à l'angle d'une place où passait un cortège, à cheval, sur une hauteur, Enver Pacha fut acclamé à son tour. La présence d'Enver à Bakou n'était pas pour plaire à tout le monde : ni à Zinoviev qui voulait garder pour lui les vivats, ni aux délégués arméniens, ni même aux Turcomans, et surtout pas aux femmes venues plaider leur propre cause.

« Je vais mettre sur pied l'organisation des révolutionnaires islamiques », calculait Enver tandis qu'il séjournait en Union soviétique, et il tendait la main aux communistes qui distribuaient les *bank-notes* à profusion. Le Pacha se prenait à appeler les gens « camarades » et engrangea cinq cent mille marks allemands. Il voyagea en Italie, en Suisse et en Allemagne, poursuivant ses desseins.

XX

D'autres que les bolcheviks, cependant, s'intéressaient aux anges déchus du régime jeune-turc. De Boston, de Genève, de Tiflis, et d'autres endroits où ils étaient dispersés, une poignée d'Arméniens dachnaks avaient juré d'exécuter la sentence de la cour ottomane. Ils placèrent leur action sous le signe de Némésis, la déesse grecque de la vengeance. Vers 11 heures, le 15 mars 1921, au niveau du numéro 17 de Hardenbergstrasse, dans le district de Charlottenburg, le jeune homme timide et souffreteux Soghomon Tehlirian, celui qui avait grandi à Erzindjan sur les hauteurs du levant, tua net d'un coup de revolver Talaat Pacha qui vaquait à ses occupations près du jardin zoologique « en gros pardessus d'hiver ». Une seule balle suffit à faire passer l'ancien ministre de l'Intérieur de vie à trépas. La balle de 9 mm, tirée dans la nuque, était ressortie au-dessus de l'œil gauche, laissant sur le devant un trou dans lequel pouvait passer un doigt. L'arme de marque allemande avait été fabriquée en 1915. L'auteur du coup de feu, poursuivi et bientôt rejoint par des passants qui le battirent comme plâtre, cria avec un étrange accent : « Moi Arménien, lui Turc, ça ne regarde pas l'Allemagne » (ou « Moi Arménien, lui Turc, pas de mal pour l'Allemagne » — car les témoins ne se souvenaient pas au mot près de ce qu'ils avaient entendu). Le jeune homme malingre fut emmené au poste, inculpé de meurtre, jugé lors d'un procès qui se tint à Berlin, et acquitté parce qu'il apparut que sa victime, quoique parée du titre de pacha, était une crapule de la plus belle eau, un assassin vulgaire chargé de crimes innombrables, un condamné à mort en cavale qui méritait son sort. Ainsi conclurent les jurés du tribunal réuni à Berlin, et Soghomon Tehlirian repartit libre.

Les amis de Talaat Pacha eurent du regret et vécurent désormais dans l'anxiété. Au début du mois de décembre de la même année, Saïd Halim Pacha, ancien Grand Vizir, fut abattu à Rome devant son hôtel particulier par le Gold Browning d'Archavir Chiragian, celui qui avait grandi à Constantinople avec sa mère et vu déferler sur son quartier de Péra les brigands armés jusqu'aux dents, hurlant à la mort après la prière et frappant à tour de bras les *gâvur*, les infidèles, jusqu'à ce qu'ils pissent le sang et expirent. Saïd Halim, avant que ses yeux médusés ne se gèlent, articula le mot « *yeren...* » puis sa tête éclata. À sa suite, le docteur Behaeddine Chakir succomba à Berlin d'une balle en pleine poitrine, le 17 avril 1922, lundi de Pâques, aux alentours de minuit. Cela se passait, d'après des promeneurs aux souvenirs brumeux, non loin d'un cinéma qui projetait *Dr Mabuse* de Fritz Lang (il semble, en réalité, que le film ne soit sorti que dix jours plus tard, mais le roman du Grand Criminel — « *un tableau de notre époque* » — était déjà paru en épisodes à suivre dans la *Berliner Illustrirte Zeitung*). Djemal Pacha assista aux obsèques du docteur Chakir, puis se perdit à nouveau en Orient. Stepan Dzaghiguian, lui dont on ne savait rien, comprit que Djemal avait été localisé en recevant à Batoum, où il se trouvait, le télégramme codé : « Expédiez le colis. » Ils furent trois, avec Ardachès Kevorkian et Bedros Der-Boghossian, à guetter le Pacha qui s'effondra criblé de projectiles devant l'immeuble de la Tchéka de Tiflis, le 25 juillet 1922 dans l'après-midi.

Alors Enver se sentit seul. La mort le frôlait. Il partit soudain pour Boukhara, perle d'entre les perles, où les *Basmadjis* se dressaient contre les mécréants et les athées, ceux qui n'ont pas la crainte du Prophète, de ses lois et des coutumes. Enver se coiffa du turban blanc de commandeur des Croyants et se para du titre de gendre du Calife, chef suprême des armées de Boukhara, de Khiva et du Turkestan, commandant les forces islamiques du Grand Touran. Il chevauchait Derviche, son coursier aux sabots d'or, dans les steppes desséchées, au creux des gorges profondes et sur les montagnes hautes. C'est là que le rattrapa la Destructrice, la Bâtisseuse inexorable des tombeaux. Un détachement de la cavalerie rouge le débusqua dans son repaire le 4 août 1922. Il se dit qu'Enver Pacha fut percé de sept balles, que sa tête fut décollée par le tranchant effilé d'un sabre, que l'on retrouva, sur son corps décapité, un Coran. Il se dit qu'il était vêtu d'un costume anglais, chaussé de bottes allemandes, et avait dans ses poches des journaux des Indes britanniques et des lettres de Berlin. Certains prétendent qu'il fut livré aux bolcheviks par un espion arménien du nom d'Agabekov. D'autres encore assurent que non, que cela ne se passa pas ainsi, mais qu'enfin les cavaliers qui lui réglèrent son compte appartenaient à une brigade arménienne. Quoi qu'il en ait été, le troisième pacha était mort et bien mort. Le docteur Nazim, chef de l'Organisation spéciale, revint en Turquie indemne de tout souci. Il eût pu s'éteindre dans son lit s'il n'avait eu la malencontreuse idée de conspirer contre Mustapha Kemal, le nouveau Maître à qui ce genre de fantaisies déplaisait souverainement. C'est pourquoi Nazim fut derechef condamné par une cour martiale et, cette fois, envoyé au gibet. Il fut pendu en 1926 avec son ami Djavid, le financier du Comité Union et Progrès. C'est ainsi.

XXI

À ce point s'achève, pourrait-on dire, l'inavouable chronique du Sultan et des trois Pachas qui, à sa suite, précipitèrent le pays des minarets dans les ténèbres sans fond. Les yeux n'ont jamais oublié ce qu'ils avaient vu ni les oreilles ce qu'elles avaient entendu. Mais l'Histoire est peu prodigue de morale. Alors qu'une seconde fois flambaient l'Europe et le monde, le chancelier aryen du Reich allemand Adolf Hitler, saisi d'une délicate attention, offrit les restes de Talaat Pacha à l'État turc qui édifia à la gloire de l'ancien ministre de l'Intérieur un mausolée sur la colline de la Liberté. Comme ce n'était pas assez pour un personnage aussi considérable, un boulevard d'Ankara prit son nom afin de faire descendre sur lui la bénédiction des générations présentes et futures. Chacun eut sa part. Après que les décennies eurent succédé aux décennies, les jours aux années et les générations aux générations, la dépouille d'Enver Pacha fut rapatriée du Tadjikistan post-soviétique pour être enterrée avec de grands honneurs, au milieu de l'ébahissement de tout un peuple saisi de respect et d'admiration, qu'accompagnaient, brillants et fiers, le président de la République, ses ministres et ses généraux. Djemal Pacha, le barbu toujours en retrait, fut honoré à Erzeroum. Il était mort depuis quatre-vingts ans quand une foule pleine de rumeurs, d'exclamations et d'émerveillement se donna rendez-vous devant sa tombe pour le louer.

Les âmes malléables et vides, tenues en lisière de la connaissance, ignorent et dédaignent les annales des savants d'autrefois et les livres des anciens peuples : « *Or, c'est ainsi que tôt ou tard, et souvent plus tôt que plus tard, le destin aveugle la mémoire des méchants, leur dérobe toute clarté, et leur enlève la vue et l'ouïe. Alors aveugles, sourds et muets, ils ne pourront plus revenir sur leurs pas.* »

Il apparut, pour le malheur de tous et le désespoir des survivants, que l'esprit du Vieux de la Montagne régnait encore sur la Turquie.

À ce moment de sa narration, il vit poindre le matin, l'aurore aux doigts de rose, et, discret, il se tut.

DU MÊME AUTEUR

Aux Éditions Gallimard

LE JARDIN DE BAKOUNINE et autres nouvelles de l'Histoire, 2001.

NUIT TURQUE, 2005 (Folio n° 4572).

Composition Imprimerie Floch.
Impression Novoprint
à Barcelone, le 23 mai 2007.
Dépôt légal : mai 2007.

ISBN 978-2-07-034631-8 / Imprimé en Espagne.

151169